DE LA THÉORIE

DES LIEUX COMMUNS

LIMOGES. — IMPRIMERIE DE CHAPOULAUD FRÈRES.

DE LA THÉORIE

DES LIEUX COMMUNS

DANS LES TOPIQUES D'ARISTOTE

ET DES PRINCIPALES MODIFICATIONS

QU'ELLE A SUBIES JUSQU'A NOS JOURS

THÈSE

PRÉSENTÉE A LA FACULTÉ DES LETTRES DE PARIS

PAR EUG. THIONVILLE

ANCIEN ÉLÈVE DE L'ÉCOLE NORMALE

PROFESSEUR DE RHÉTORIQUE AU LYCÉE IMPÉRIAL DE LIMOGES

PARIS

CHEZ AUGUSTE DURAND, LIBRAIRE

RUE DES GRÈS, 7

1855

DE LA THÉORIE

DES LIEUX COMMUNS.

INTRODUCTION.

De toutes les parties de la Logique d'Aristote ce sont les Topiques qui ont toujours été le moins étudiés. La scolastique même les négligea : à l'époque où les doctrines du philosophe stagirite avaient envahi le monde intellectuel, et régnaient sans partage sur les esprits ; tandis que l'on commentait, que l'on perfectionnait dans les écoles la théorie du syllogisme, on ne fit presque rien pour éclaircir celle des lieux communs. Le livre d'Aristote paraît être tombé dans le discrédit depuis le jour où Cicéron publia le sien sur la même matière, et parla de celui de son prédécesseur de manière à décourager les lecteurs les plus intrépides. Cicéron semble avouer en effet que les Topiques grecs sont fort obscurs ; et, loin de s'étonner que son ami Trebatius, qui voulait en prendre connaissance, n'ait pu ni les déchiffrer lui-même, ni se les faire expliquer par les rhéteurs, il va jusqu'à douter qu'aucun philosophe de son temps les ait lus ou les comprenne (1).

Depuis ce moment, on a toujours cru Cicéron sur parole ; on s'est tenu pour dit qu'il était inutile d'entreprendre l'étude d'un ouvrage où l'on ne trouverait que ténèbres ; et la théorie d'Aristote fut abandonnée. Dans le dernier traité important de-

(1) Cicéron, *Topica*, ch. 1.

logique composé avant nos jours, dans la Logique de Port-Royal, qui est pour nous le livre classique sur cette matière, les savants solitaires répètent de confiance le jugement de Cicéron, en l'exagérant encore, comme on fait toujours quand on parle d'après une grande autorité. « On ne saurait, disent-ils, conseiller à personne d'aller chercher ce qu'on dit des lieux dans les Topiques d'Aristote, parce que ce sont *des livres étrangement confus* (1). »

A ce discrédit des Topiques mêmes vint se joindre ensuite le discrédit de la matière qu'ils traitent, c'est-à-dire des lieux communs. Depuis long-temps, il semble admis que ce n'est qu'une vieillerie à peu près inutile. On ne s'en occupe dans les traités de rhétorique que par un reste d'habitude ou par respect pour les traditions de l'antiquité ; mais ces débris du passé sont menacés de disparaître à la première réforme des études. Quelques-uns des rhéteurs anciens les plus fameux ont contribué eux-mêmes à décrier les lieux communs. On sait que Quintilien en fait peu de cas. Il les énumère comme des choses qu'il est bon de connaître, mais dont il vaut mieux se passer. Il ne s'agissait pourtant que des lieux de la rhétorique, qui sont un simple abrégé de la topique générale des dialecticiens. Que devait-il penser de cette dernière? On peut voir par l'exemple des logiciens de Port-Royal l'opinion qu'on se fait depuis long-temps des lieux de la dialectique. Ces auteurs ne les trouvent pas seulement inutiles : ils les trouvent nuisibles. « Car, disent-ils, tout ce qu'on peut prétendre par cette méthode est de trouver sur chaque sujet diverses pensées générales, ordinaires, éloignées.... Or, tant s'en faut qu'il soit utile de se procurer cette sorte d'abondance, qu'il n'y a rien qui gâte davantage le jugement (2). » Repoussée par les esprits sérieux, la topique tomba bientôt dans le mépris : les lieux communs ne désignent plus aujourd'hui, en littérature et en philosophie, que tout ce qui est banal et vulgaire ; on ne leur épargne ni l'épigramme ni le ridicule, comme à tout ce que la faveur publique a abandonné. Il faut presque du courage pour entreprendre leur défense.

(1) *Log de P.-R.*, 3e partie, ch. XVII.
(2) *Ibid. ib.*, ch XVI

J'ai long-temps moi-même partagé ces préjugés. Appelé par la nature de mes fonctions à enseigner la méthode des lieux, je n'y trouvais aucun sens. Il me répugnait cependant de supposer qu'un des plus grands génies de l'antiquité eût imaginé une théorie dépourvue de signification. J'allai donc en chercher l'explication dans Aristote lui-même, et je me convainquis que, si on dédaigne les lieux communs, c'est qu'on ne sait pas ce que c'est, ou plutôt que les lieux communs qu'on dédaigne sont bien en effet dignes de dédain, mais que ce ne sont pas les lieux communs d'Aristote. La topique, telle qu'elle fut inventée par le philosophe stagirite, n'est exposée que dans ses livres et dans ceux de quelques-uns de ses disciples et de ses commentateurs. Les autres écrivains qui en ont parlé, Cicéron tout le premier, se sont écartés de la tradition péripatéticienne, et ont dénaturé cette doctrine. Pour apprécier la valeur réelle de la méthode des lieux, il faut donc l'étudier dans les ouvrages d'Aristote, son inventeur. C'est ce que j'ai essayé de faire dans cette thèse.

J'analyserai les Topiques pour en extraire la théorie qu'ils contiennent.

J'examinerai ensuite comment cette théorie s'est modifiée dans les âges suivants.

Je conclurai en montrant quel parti on peut en tirer encore aujourd'hui.

CHAPITRE PREMIER.

RAPPORT DES TOPIQUES AVEC LES AUTRES PARTIES DE L'ORGANUM. — LEUR BUT.

Les Topiques d'Aristote font partie, comme on sait, d'un vaste et prodigieux travail depuis long-temps désigné dans les écoles sous le titre général d'*Organum*, et qui n'est autre chose que la théorie complète du raisonnement sous toutes ses formes. L'Organum comprend, outre les Topiques, cinq traités : les Catégories, l'Herménéia, les Premiers et les Derniers Analytiques et les Réfutations sophistiques (1). Comment les Topiques se rattachent-ils à tous ces ouvrages ? Quelle importance leur accorde Aristote, et pour quelle part les fait-il entrer dans l'ensemble de sa Logique ? Telle est la question qui se présente d'abord à nous, et que nous devons traiter avant toute autre.

Ce qui caractérise les conceptions d'Aristote, c'est leur grandeur et leur hardiesse. Il aborde sans hésitation les questions les plus difficiles et les plus compliquées ; il tranche avec autorité des problèmes que la philosophie grecque discutait déjà depuis des siècles. Il semble, comme l'a fait remarquer le docteur Reid, qu'il y ait en lui quelque chose du génie d'Alexandre : il marche à la conquête de la vérité comme son élève marchait à la conquête du monde, avec une pleine assurance du succès. Ce caractère entreprenant ne s'est montré nulle part d'une manière plus audacieuse que dans l'Organum. Jamais l'esprit humain n'avait osé jusqu'alors

(1) Un écrivain de nos jours, M. Valentin Rose (*De Aristotelis librorum ordine et auctoritate*, Berlin, 1854), a contesté l'authenticité des Catégories et de l'Herménéia, et changé l'ordre des autres traités de l'Organum. Il n'est pas le premier qui ait agité ces questions. Je ne les traiterai pas ici, car il faudrait pour cela toute l'étendue d'une thèse. Je suivrai la tradition, contre laquelle, on peut le dire, aucune raison n'a été assez forte pour prévaloir jusqu'à ce jour.

concevoir un projet aussi hardi. On avait bien essayé, avant Socrate, d'expliquer le grand mystère de la formation du monde ; mais il était facile alors de se basarder dans de vastes problèmes, puisqu'on n'était tenu de les résoudre que par des hypothèses. Il n'en était pas de même à l'époque d'Aristote : les théories poétiques n'avaient plus accès dans le domaine de la philosophie, et la raison seule avait le droit de trancher les questions agitées dans les écoles. Or quelle est la tâche que se propose alors le philosophe de Stagire? C'est de saisir ce qu'il y a de plus insaisissable au monde, le travail de la pensée ; c'est d'analyser ce qu'il y a de plus compliqué, le mécanisme du raisonnement, et de tirer de là la loi éternelle suivant laquelle se meut l'intelligence humaine dans la recherche de la vérité. Personne ne l'avait précédé dans cette voie, et il nous apprend lui-même, à la fin de son ouvrage (1), qu'il est le premier qui ait entrepris de résoudre, dans toute sa grandeur, un pareil problème. Il demande, à ce titre, que la postérité accueille favorablement ses efforts. On sait comment la postérité a répondu à cet appel : pendant plus de quinze siècles la Logique d'Aristote a gouverné les opinions des penseurs du monde entier !

Je n'entreprendrai pas de donner une analyse de l'Organum : assez d'écrivains ont déjà fait ce travail ; et d'ailleurs, pour la question qui nous occupe, il suffit d'indiquer sommairement l'objet de chacune des parties de l'ouvrage.

La Logique d'Aristote peut se diviser en deux parties : la première, qui comprend les Catégories, l'Herménéia et les Premiers Analytiques, est la théorie du mécanisme du raisonnement ; la seconde, qui comprend les Derniers Analytiques, les Topiques et les Réfutations sophistiques, est la théorie des différents emplois du raisonnement (2).

(1) Réfut. sophist., dernier chapitre.

(2) Cette division, qui n'est pas généralement adoptée, est pourtant celle qui concorde le mieux avec les plus anciens catalogues. Ammonius, disciple de Proclus, partage les ouvrages organiques d'Aristote en trois sections, dont les deux premières correspondent à la division que je viens d'indiquer; la troisième section renferme des ouvrages perdus. Les catalogues de Simplicius et de David l'Arménien, un peu postérieurs à celui d'Ammonius, s'accordent aussi à ranger dans une même classe les trois

Objet de la première partie de l'Organum.

Le raisonnement se compose de propositions; les propositions se composent de termes : les termes sont donc les premiers matériaux du logicien : c'est d'eux que s'occupe Aristote dans les Catégories. Ce livre est une classification méthodique de tout ce qu'on peut exprimer par des mots isolés (τῶν κατὰ μηδεμίαν συμπλοκὴν λεγομένων). Ces notions simples, ces éléments de la pensée et du langage se divisent en dix genres, qu'on a nommés les dix catégories :

La substance,
La quantité,
La qualité,
La relation,
Le lieu,
Le temps,
La position,
Ce qu'on a autour de soi (τὸ ἔχειν),
L'action qu'on fait,
L'action qu'on subit.

Ainsi, quelque terme qu'on introduise dans le discours, il exprimera ou une *substance*, ou une *qualité*, ou un *rapport*, ou quelqu'une des autres choses indiquées dans cette liste. On voit que les Catégories sont, pour ainsi dire, le plan d'un dictionnaire de la logique. Les mots y sont groupés d'après leur sens, au lieu de l'être, comme ailleurs, d'après leur forme. Cela explique pourquoi on a pris souvent les Catégories pour un traité de métaphysique, pour une théorie générale de l'Être. C'est qu'Aristote ne sépare jamais le mot de la pensée; de sorte que sa classification des termes devient en même temps une classification des choses.

L'Herménéia paraît être à son tour la grammaire du logi-

premiers traités de l'Organum. Ils ne diffèrent du précédent qu'en ce qu'ils ont détaché les Derniers Analytiques de la seconde partie pour en former une classe à part, qui ne tient ni à la première ni à celle qui suit. Tout porte à croire que ces catalogues n'ont fait que reproduire les traditions de l'école péripatéticienne.

cien. L'auteur y explique comment les termes s'unissent entre eux pour former des propositions ; il divise ces dernières en quatre espèces : affirmatives et négatives universelles, affirmatives et négatives particulières. Il traite ensuite les questions nombreuses et compliquées qui se rattachent à cette matière, telles que l'opposition des propositions ayant même sujet et même attribut, leur conversion (1) ; enfin il donne la théorie des modales. Toutes les Logiques ont reproduit plus tard ce minutieux travail d'après Aristote. Quelques-unes sont plus claires, aucune n'est plus complète que l'Herménéia.

Les Premiers Analytiques sont sans contredit la partie la plus originale de l'Organum, et celle qui atteste le plus de génie. Leur objet, développé en deux livres, est l'étude du syllogisme, de ses figures, de ses modes, de ses transformations et de ses propriétés. Cette grande et belle doctrine est le couronnement de toute la logique. Elle est aussi impérissable que l'intelligence humaine, dont elle a analysé les plus mystérieuses opérations avec une incroyable profondeur.

Personne n'ignore qu'Aristote a dit à peu près tout sur le syllogisme, et n'a guère laissé à ses successeurs que la peine de le commenter. Il est à remarquer toutefois qu'il n'a pas présenté sa théorie comme on le fit au moyen-âge, et comme on le fait encore ordinairement aujourd'hui dans les écoles. Cette différence d'exposition mérite d'être signalée, car elle tient à une différence de méthode, dont nous trouverons un nouvel exemple dans les Topiques.

Aristote suit toujours la méthode analytique, la méthode des inventeurs : il développe son système comme il l'a trouvé. Pour lui le syllogisme est tout entier dans les prémisses. Voici comme il le définit : « C'est un raisonnement par lequel, deux propositions étant données, il s'ensuit nécessairement une troisième proposition différente des deux autres (2) ». Ainsi les deux prémisses constituent à elles seules le syllo-

(1) La conversion des propositions n'est exposée que dans les premiers chapitres des Analytiques. J'en parle ici parce que c'est une théorie qui me paraît se rattacher plus naturellement à l'Herménéia.

(2) On sait que la quatrième figure du syllogisme est une invention postérieure à Aristote.

gisme aux yeux d'Aristote ; et l'on s'est écarté de sa doctrine quand on a défini plus tard le syllogisme *un raisonnement composé de trois propositions.*

Si deux propositions forment un syllogisme, le syllogisme doit compter autant de modes possibles qu'on peut faire de combinaisons en unissant les propositions deux à deux. Or on en peut faire seize, puisqu'il y a quatre espèces de propositions. Voici donc le procédé d'exposition de l'auteur : il forme successivement, dans chaque figure, les seize combinaisons, et il cherche quelles sont celles qui donnent une conclusion nécessaire. Celles-là sont les *modes concluants.* Il en trouve quatre dans la première figure, quatre dans la seconde, six dans la troisième (1). C'est par l'expérience, comme on voit, qu'Aristote arrive à ce résultat définitif de la théorie syllogistique. Les règles générales du syllogisme, qu'il indique ensuite assez incomplètement, ne sont données que comme une conséquence de cette théorie, et non comme la base sur laquelle elle doit s'appuyer.

La tâche de la scolastique a été de transformer en déductions les Analyses d'Aristote. Par là elle a rendu cette partie de la logique beaucoup plus claire et beaucoup plus simple. Au lieu de terminer par les règles, elle a commencé au contraire par les établir, et par les démontrer comme des théorèmes de géométrie, et elle a tiré d'elles tout le reste du système. C'est grâce à cette simplification que les solitaires de Port-Royal ont pu se flatter d'apprendre à un prince en quelques leçons toute cette science qui exigeait au moyen-âge plusieurs années de laborieuses études.

Mais, si cette manière d'enseigner le syllogisme est plus facile, il faut avouer néanmoins qu'elle est moins instructive que celle d'Aristote. L'une nous mène au résultat à la façon d'une formule d'algèbre, mais sans nous rien montrer que le résultat ; l'autre nous fait voir comment on y est parvenu ; elle nous initie aux secrets de l'inventeur ; elle nous fait refaire ce qu'il a fait pour découvrir. La méthode de Port-Royal vaut mieux pour l'écolier ; celle d'Aristote doit avoir plus de prix pour le philosophe.

(1) Prem. Analyt., liv. 1, ch. 1, § 5. — Topiq. liv. 1, ch. 1, § 3.

Objet de la seconde partie de l'Organum.

Au commencement des Topiques (1), Aristote fait une division qui nous donne la clef de la deuxième partie de l'Organum. Il distingue ce que nous appellerons, pour parler comme lui, trois espèces (εἴδη) de syllogismes. Elles diffèrent entre elles par le degré de vérité des propositions qui les composent. La première espèce est formée de propositions nécessaires (ἐξ ἀληθῶν καὶ πρώτων); la seconde, de propositions probables (ἐξ ἐνδόξων); la troisième, de propositions qui paraissent probables, mais qui ne le sont pas (ἐκ φαινομένων ἐνδόξων, μὴ ὄντων δέ). Ces espèces du syllogisme indiquent donc les différentes matières auxquelles peut s'appliquer le raisonnement. En effet nous raisonnons ou sur des choses certaines et absolument vraies, ou sur des choses auxquelles nous ne faisons que croire, sur des opinions, ou enfin sur des choses fausses. Dans tous ces cas, le syllogisme est toujours un syllogisme, mais on ne l'emploie pas de la même façon : si l'argument ne change pas, la manière de conduire l'argumentation change beaucoup. Cet emploi réglé du raisonnement s'enseigne aujourd'hui dans les Logiques sous le nom de *méthode*. C'est une méthode aussi que fait Aristote dans les trois derniers traités de l'Organum. Il nous a montré d'abord quel est l'instrument de la science; il veut nous apprendre maintenant à le manier. On voit combien ce plan est simple et naturel. C'est ce que nous aurons à remarquer plus d'une fois dans notre auteur. Sous ses formules abstraites et sa phraséologie compliquée, il cache, après tout, bien des principes très-élémentaires, bien des observations du sens commun, que les commentateurs, enchérissant sur l'obscurité du texte, ont fini quelquefois par rendre à peu près inintelligibles; tandis qu'il suffisait de les exprimer dans un autre langage pour montrer à tous les yeux leur éternelle et incontestable vérité.

Il y a donc trois méthodes de raisonnements : la *démonstration*, qui se sert des propositions nécessaires; la

(1) Liv. I, ch. I, § 4-9.

dialectique, qui se sert des propositions probables; la *sophistique*, qui se sert des propositions erronées.

Le sujet des Derniers Analytiques est l'étude de la démonstration. Pour démontrer, on part de principes généraux, d'axiomes évidents. Ces axiomes deviennent les prémisses d'un syllogisme dont la conclusion est nécessaire comme eux; et cette conclusion sert à son tour d'élément à de nouveaux raisonnements, qui amènent des conclusions nouvelles. Cette méthode est celle des mathématiques; c'est la déduction. Aristote la considère comme l'instrument unique de la science. Elle seule nous met en pleine possession de la vérité. Par elle nous savons complètement les choses; car savoir une chose ce n'est pas seulement connaître qu'elle est, mais connaître la cause qui la fait être ce qu'elle est : or la démonstration nous donne cette connaissance.

Après la démonstration vient l'étude de la dialectique. La démonstration n'est applicable qu'à un bien petit nombre de sujets. Ce n'est que dans les sciences exactes et dans quelques parties de la philosophie que l'on trouve l'occasion de faire de longues suites de déductions toutes composées de propositions nécessaires. La plupart de nos raisonnements roulent sur des matières controversées, sur des questions qui ne peuvent être tranchées d'une manière absolue par la science. C'est ce qui a lieu dans bien des parties de la morale, dans la politique, dans l'éloquence, enfin dans nos discussions de chaque jour sur toutes les affaires de la vie. Il ne nous importe pas moins de connaître la méthode de ces sortes de raisonnements que la méthode démonstrative, puisqu'elle est d'un emploi presque universel. C'est à elle qu'Aristote consacre les huit livres des Topiques, qui forment en étendue le tiers de l'Organum tout entier.

Les Réfutations sophistiques sont la théorie de la troisième espèce de raisonnement, formé de propositions qui paraissent probables, mais qui ne le sont pas en réalité, et qui cachent une erreur ou un piége. C'était l'arme dont se servaient ordinairement les sophistes pour réfuter leurs adversaires : de là vient le titre du livre; de là vient aussi le nom de *sophismes* qu'on a donné aux argumentations de cette nature. On peut considérer ce traité comme le complément des Topiques. La sophistique n'est qu'un faux emploi de la dialectique, un tissu de ruses et de subtilités captieuses mises à la place d'une discussion sérieuse et sincère. L'étude de ces procédés fait encore partie de la dialectique, car le dialecticien doit être mis en garde contre tous les piéges qu'on peut lui tendre. Aristote énumère donc tous les moyens employés par les sophistes, toutes les ressources auxquelles peut avoir recours un interlocuteur de mauvaise foi, équivoques, paralogismes, détours subtils, interrogations captieuses (1); il apprend ensuite à les combattre et à les réfuter.

La courte analyse que je viens de faire de l'Organum montre clairement et le plan de tout l'ouvrage, et l'objet de chacune de ses parties. Les Topiques y occupent une place bien déterminée, et y jouent un rôle très-considérable, puisqu'ils renferment la théorie du raisonnement dans son emploi le plus fréquent et le plus étendu. Aussi Aristote n'a-t-il développé aucun point de sa doctrine autant que celui-là.

La part qu'il fait à la dialectique est si nettement limitée qu'il semble qu'il n'ait dû s'élever aucun doute à ce sujet Cependant bien des logiciens ont été d'un autre avis que nous sur l'importance des Topiques, ou sur leur rang parmi les traités de l'Organum. Ramus, et, avant lui, plusieurs savants

(1) Il s'étend si longuement sur ce sujet que des critiques ont pensé qu'il faisait son traité pour les sophistes aussi bien que contre eux, et qu'il enseignait l'art de tromper en même temps que l'art de ne pas se laisser tromper. Un des plus grands admirateurs de l'Organum, M. Barthélemy Saint-Hilaire regarde cette opinion comme n'étant pas dépourvue de vraisemblance (*De la Logique d'Arist.*, 1er vol., p. 435). Il me semble pourtant que c'est faire injure à Aristote que de lui supposer un pareil dessein. N'a-t-il pas au contraire composé l'Organum pour porter le dernier coup à la sophistique, déjà poursuivie si énergiquement par Platon? Ce qui a pu tromper quelques lecteurs sur ses intentions c'est qu'il a l'habitude de faire la théorie complète de toutes les choses dont il parle. Voulant combattre les sophistes, il commence par exposer consciencieusement leur méthode. Ne concluons pas pour cela qu'il l'adopte. Sa conduite est là pour prouver le contraire.

Remarquons que la Rhétorique a quelquefois aussi le même caractère d'indifférence pour le mensonge. Ce n'est pas dans ces ouvrages qu'il faut chercher l'opinion d'Aristote moraliste; c'est dans l'Ethique.

du moyen-âge et de la renaissance, ont voulu les placer après l'Herménein et avant les Analytiques. C'est qu'ils les considéraient, non comme la théorie d'une espèce particulière de raisonnement distincte de la démonstration, mais comme une recette générale pour trouver des idées en quelque matière que ce soit. Ils disaient en conséquence que l'étude de la topique était antérieure à l'étude du syllogisme, puisqu'il faut savoir déjà découvrir les matériaux du raisonnement avant d'apprendre à le construire. Cette opinion, comme on le voit, provient d'une erreur sur l'objet même du traité : on n'a pas compris à quoi il est réellement destiné : on a fait une méthode universelle de ce qui n'est qu'une méthode particulière.

L'importance des Topiques a été méconnue pour un autre motif. Plusieurs philosophes ont pensé que la Logique était terminée après les Analytiques, et n'ont vu dans le reste qu'un accessoire. Au moyen-âge, Occam voulait déjà bannir les Topiques de l'Organum, et les joindre à la Rhétorique. De nos jours, M. Barthélemy Saint-Hilaire, tout en avouant leur utilité, n'en fait qu'un appendice de la démonstration. La doctrine qu'ils renferment est pour lui une science subalterne : c'est l'analytique transformée et descendue à la pratique (1).

M. Ravaisson, dans sa classification des ouvrages d'Aristote, va plus loin encore (2). Préoccupé de la matière même de chaque écrit, plutôt que de la pensée dans laquelle l'auteur l'a conçu, il sépare complètement les Topiques des Derniers Analytiques. Il rattache ceux-ci aux sciences *spéculatives*, ceux-là aux sciences *poétiques ;* il fait des premiers un traité *exotérique ;* des seconds, un traité *acroamatique*. Pour arriver à ce résultat, il fallait faire violence à toutes les traditions. Aussi l'auteur avoue-t-il lui-même qu'il n'en tient aucun compte. Il rejette le nom d'Organum, et brise le faisceau qui a retenu si long-temps unies les six parties de la Logique. C'est une entreprise bien hardie, ce me semble, de rompre aussi violemment avec tout le passé. Mais ce qui me paraît

(1) Etude sur la log. d'Arist, 1er vol., p. 330.

(2) Essai sur la Métaphys. d'Arist., t. 1, p. 252.

plus grave, c'est qu'on n'attaque pas seulement ainsi la tradition ; on se met en contradiction avec le Stagirite lui-même. Car que devient alors cette théorie du triple emploi du raisonnement, formulée au commencement des Topiques, et que nous venons de résumer tout à l'heure? Que devient cette distinction des syllogismes formés de propositions nécessaires, de propositions probables, de propositions sophistiques, correspondant précisément aux trois divisions de la seconde partie de l'Organum? Quel sens donner à ce passage, si on sépare les Topiques du reste de la Logique? Il me semble impossible de voir là autre chose qu'un plan, à la fois très-simple et très-clair, des derniers traités dont nous avons parlé. On n'a pas assez remarqué jusqu'ici que c'est Aristote lui-même qui fait voir un lien entre la dialectique et la démonstration, et on lui a prêté trop souvent des intentions qu'il n'a pas eues. C'est ce qui est arrivé quand on a voulu faire passer les Analytiques pour un traité spéculatif, pour une théorie métaphysique des formes de la pensée humaine. Je crois qu'Aristote n'a jamais prétendu, dans sa Logique, planer aussi haut. Ses vues sont plus modestes et plus pratiques. Il avait reconnu qu'avant lui on avait souvent mal raisonné, ou raisonné sans bonne foi. Il entreprit alors de chercher l'art du raisonnement, non point comme un objet de pure spéculation, mais pour l'appliquer, et pour apprendre aux autres à l'appliquer à leur tour. Sa logique n'est donc pas une science abstraite et désintéressée, prenant l'intelligence humaine pour sujet de ses recherches, comme la métaphysique prend Dieu et le monde pour sujet des siennes. C'est là une théorie toute moderne, et l'on fait un anachronisme en l'attribuant à Aristote. Son Organum n'est qu'une méthode : il n'est pas encore la science à proprement parler : il n'est que l'instrument qui sert à la découvrir et à la composer. C'est en ce sens que le nom même d'Ὄργανον me paraît parfaitement lui convenir. Ce mot n'est pas du Stagirite, il est vrai. Mais, avant de le rejeter comme une invention des commentateurs, il eût fallu se demander s'il ne répondait pas à quelque chose de réel et de vrai, s'il ne désignait pas un ensemble de doctrines indissolublement unies dès l'origine dans la pensée de leur auteur.

Explication détaillée de l'objet des Topiques et de leur utilité.

Nous n'avons indiqué jusqu'ici que très-sommairement le but des Topiques ; car nous voulions seulement en montrer le rapport avec les autres traités de l'Organum. Nous savons déjà toutefois qu'ils doivent nous apprendre l'art de raisonner sur toutes les matières qui n'appartiennent pas au domaine de la science pure. Une telle indication est un peu trop vague encore : il importe de déterminer ce point d'une manière plus précise et plus complète.

Au commencement de son premier livre, l'auteur parle ainsi : « Le but de cet ouvrage est de trouver une méthode qui nous mette en état de raisonner sur toute espèce de sujet en partant de propositions probables, et qui nous instruise à ne pas nous contredire en soutenant une discussion ». Il y a trois choses à remarquer dans cette définition. D'abord ce traité est une méthode : ce mot est ici d'une grande importance, comme nous le verrons ; car il élève la théorie d'Aristote à la hauteur d'une science, et n'en fait pas seulement un recueil de formules empiriques. En second lieu, la topique repose sur les idées probables, et les prend pour principes de ses raisonnements. Enfin son emploi n'est pas borné à telle ou telle branche des connaissances humaines, mais ses procédés sont applicables à tous les sujets.

Nous allons examiner successivement ces trois points. Nous prendrons toujours Aristote pour guide ; car il a consacré lui-même une partie de son premier livre à développer sa définition.

Comment les Topiques sont-ils une méthode ?

Avant Aristote, les sophistes avaient eu la prétention d'apprendre à leurs disciples à discuter sur toutes les questions, à soutenir le pour et le contre dans toute matière donnée. Mais, comme le dit l'auteur de l'Organum dans l'épilogue de son ouvrage, ce n'était pas une méthode qu'ils montraient, mais des procédés empiriques. « Leur enseignement était comme celui de Gorgias : ils donnaient à apprendre des morceaux oratoires, ou des interrogations toutes faites qui leur paraissaient s'appliquer à la plupart des sujets de dispute. L'apprentissage était rapide avec eux, mais très-grossier. Montrant, non pas l'art, mais des produits de l'art, ils s'imaginaient enseigner quelque chose (1). » Ainsi les sophistes n'avaient trouvé que des formules applicables à certains cas particuliers de la dialectique; ils n'avaient pas créé de théorie; ils donnaient à leurs élèves des résultats tout préparés, sans leur apprendre à les trouver. C'est comme si, pour faire d'un homme un maçon, on lui montrait des maisons bâties, au lieu de lui dire comment il faut assembler les pierres.

Aristote veut découvrir précisément ce que les sophistes n'avaient pu trouver, c'est-à-dire l'art même de la discussion, le procédé général, universel, par lequel nous pourrons, non pas dans tel ou tel cas, mais toujours et sur toute question, trouver les ressources nécessaires pour soutenir notre opinion. Voilà ce qu'il appelle sa *méthode*. On comprend quelle immense différence il y a entre ces deux manières de faire : l'une est le tâtonnement, l'autre est la science. De plus, les moyens des sophistes, n'ayant pas de valeur par eux-mêmes, et n'en acquérant que par le succès, devaient conduire à des résultats immoraux. Par eux on ne cherchait qu'à vaincre, qu'on eût tort ou qu'on eût raison : on voulait satisfaire son orgueil sans se soucier de la vérité. La méthode d'Aristote est, au contraire, comme toute science, désintéressée et indépendante du succès; car elle a son mérite en elle-même, et non dans l'opinion. Pour être bon dialecticien, il n'est pas nécessaire de réduire son adversaire au silence; comme on peut être bon orateur sans gagner son procès. « Nous disons qu'un homme possède suffisamment son art lorsqu'il ne néglige rien de ce qu'il lui est possible de faire (2). »

Qu'est-ce que les propositions probables ?

La méthode dont il vient d'être question s'applique aux raisonnements formés de propositions probables. Comprenons

(1) Réfut. sophist., ch. XXXIV, § 8.
(2) Topiques, liv. I, ch. III, § 1.

bien avant tout le sens de ce mot. Aristote le définit lui-même au commencement de son ouvrage (liv. I, ch. I, § 7) : « On appelle probable ce qui paraît vrai soit à tous les hommes, soit à la majorité, soit aux sages, et, parmi les sages, soit à tous, soit à la plupart, soit aux plus illustres et aux plus dignes de foi : Ἔνδοξα δὲ τὰ δοκοῦντα πᾶσιν, ἢ τοῖς πλείστοις, ἢ τοῖς σοφοῖς, καὶ τούτοις ἢ πᾶσιν, ἢ τοῖς πλείστοις, ἢ τοῖς μάλιστα γνωρίμοις καὶ ἐνδόξοις ». Ainsi la probabilité est fondée sur le consentement universel et sur le bon sens. Les opinions probables sont toutes celles que nous adoptons sans que la raison nous les impose : ce sont les choses auxquelles nous croyons, mais qui ne sont pas évidentes et nécessaires, car autrement elles rentreraient dans les propositions de la démonstration. L'auteur des Topiques, développant plus loin sa définition (liv. I, ch. X), étend encore le domaine de la probabilité. Il apprend à tirer de nouvelles idées probables de celles qu'on a déjà. Ainsi, selon lui, les opinions semblables aux opinions probables sont probables elles-mêmes (1) : si l'on admet que l'excès dans le courage est un défaut, on pourra admettre que c'en est un aussi dans la justice ; car il y a similitude entre ces deux choses. « De même, ajoute-t-il, les propositions contraires aux propositions probables, étant présentées sous forme opposée, paraîtront probables aussi (3). » En effet, le contraire d'une idée probable est improbable : or, si on nie ce contraire, il doit en résulter une nouvelle probabilité. « Par exemple, si c'est une opinion probable qu'il faut faire du bien à ses amis, il est probable aussi qu'il ne faut pas leur faire de mal. A cette proposition qu'il faut faire du bien à ses amis, la proposition contraire est qu'il faut leur faire du mal ; mais la proposition contraire sous forme opposée, c'est qu'il ne faut pas leur faire de mal. Et, de même, s'il faut faire du bien à ses amis, il ne faut pas en faire à ses ennemis : cette proposition rentre encore dans les contraires sous forme opposée (3) ».

Outre ce fonds d'opinions communes à l'humanité, le

(1) Top., liv. I, chap. X, § 3.
(2) Ibid., § 5.
(3) Ibid., ibid.

dialecticien trouvera encore des idées probables dans le domaine des arts et des sciences. « Car on peut admettre comme probables les opinions approuvées par ceux qui se sont exercés dans ces matières : l'on pensera, par exemple, comme le médecin dans les choses qui concernent la médecine, et comme le géomètre dans les choses de géométrie; et de même pour tout le reste (1) ». Ainsi l'opinion des savants et des sages suffit pour donner de la probabilité à une assertion. Il ne faudrait pourtant pas aller trop loin dans cette voie : les sages et les savants

Sont ce que nous sommes :
Ils peuvent se tromper comme les autres hommes

En acceptant sans précaution toutes leurs idées, on tomberait dans le travers des casuistes dont Pascal se moque, et qui accordent un peu trop facilement aux *docteurs graves* le droit de faire et de défaire les opinions probables. Aristote a compris ce danger : aussi a-t-il eu soin d'abord de faire une restriction : « On peut admettre ce qui semble vrai aux sages, *pourvu que cela ne soit pas contraire aux opinions généralement reçues* (2) ». En effet, la probabilité reposant sur l'assentiment universel, une proposition, eût-elle pour auteur le plus grand génie, cesse d'être probable dès que l'humanité la repousse.

En résumé, on peut dire que les idées probables sont toutes celles qui se trouvent comprises entre les idées nécessaires d'un côté et les idées fausses de l'autre. Elles renferment par conséquent une multitude de degrés; car, plus le nombre des suffrages sur lesquels elles s'appuient devient considérable, plus elles s'approchent de la certitude. Cependant elles ne l'atteignent jamais. Aussi leur caractère propre est d'être *discutables*. Il n'y a que la démonstration qui s'impose : tout ce qui n'est pas susceptible d'être prouvé rigoureusement peut être plus ou moins contrôlé et débattu. C'est pourquoi Aristote confond l'art de raisonner sur les idées probables avec l'art de soutenir une discussion. Nous avons vu dans la défi-

(1) Top., liv. I, ch X, § 7.
(2) Ibid., § 2.

nition des Topiques qu'il cherche une méthode qui doit servir à l'une et à l'autre de ces deux choses. Il ne les sépare jamais, et avec raison ; car, toutes les fois qu'on soutient le probable, soit qu'on ait un interlocuteur devant soi, soit qu'on n'en ait pas, c'est toujours une lutte d'opinions qu'on engage ; et les moyens par lesquels on expose ses idées sont toujours les mêmes que ceux par lesquels on les défendrait contre un adversaire.

Jusqu'où s'étend le domaine de la topique ?

Aristote a dit lui-même que sa méthode apprend à raisonner sur toute espèce de sujet (περὶ παντὸς τοῦ προτεθέντος). En effet, puisqu'il cherche, non des procédés particuliers, mais l'art universel de la discussion, il est évident que toutes les matières discutables seront tributaires de cet art. Ainsi, si l'on excepte la science pure, qui repose sur des vérités immuables, la dialectique devra embrasser toutes les connaissances humaines. Pour nous faire une idée de ce qu'elle comprend, nous n'avons qu'à examiner quelles sont les choses sur lesquelles les penseurs ont diversement raisonné depuis l'origine du monde. Nous trouverons d'abord :

La philosophie presque tout entière, comprenant l'étude de Dieu, de l'homme et du monde : car je ne sais pas s'il est une seule de ces questions qui n'ait soulevé des débats dans les écoles.

Nous rencontrons ensuite toute la série des sciences qui se rattachent à la philosophie, ou qui lui empruntent leurs premiers principes : la morale, la politique, le droit, la philosophie de l'histoire, l'esthétique, etc.

Enfin vient la rhétorique. Platon refusait déjà de la reconnaître pour un art spécial, et voulait appeler les vrais orateurs des dialecticiens (1). L'opinion d'Aristote ne diffère pas beaucoup de celle de son maître. Les premiers chapitres de son Traité sur la rhétorique ne sont destinés qu'à montrer les rapports de cette dernière avec la grande théorie développée dans les Topiques. Il y appelle d'abord la rhétorique le

(1) V. *Phèdre*, p. 266, B.

pendant de la dialectique (ἀντίστροφος τῇ διαλεκτικῇ), c'est-à-dire la dialectique de l'*Agora*, comme l'autre était la dialectique du Lycée et de l'Académie. Il leur reconnaît à toutes deux pour caractère distinctif de n'avoir pas un domaine limité et déterminé, comme celui de la médecine ou de la géométrie, mais d'être applicables à toutes les matières (1). Il explique sa pensée d'une manière plus nette encore en disant que l'art de l'orateur a une sorte de parenté, d'une part, avec la science des mœurs, ou politique, et, de l'autre, avec la dialectique, *dont elle est une partie et une imitation* (ἔστι γὰρ μόριόν τι τῆς διαλεκτικῆς καὶ ὁμοίωμα (2). Enfin, lorsqu'il analyse le raisonnement oratoire, qu'il appelle *enthymème* (3), il fait voir qu'il est composé aussi de propositions probables ; de sorte que, au

(1) Rhét., liv. I, ch. I, § 14.

(2) Ibid., liv. I, ch. II, § 7.

(3) Aristote a donné une définition exacte de l'enthymème (*Prem. Analyt.*, liv. II, ch. XXVII, § 2) qu'il n'est pas inutile de rapporter ici. « L'enthymème, dit-il, est un syllogisme formé de propositions vraisemblables (ἐξ εἰκότων), ou de signes (ἐκ σημείων). Les choses vraisemblables sont celles qu'on sait arriver ou ne pas arriver habituellement de telle manière : c'est, comme on le voit, un cas particulier de la probabilité, fondé sur l'expérience. Le signe est une proposition qui tient lieu de preuve, et qui affirme ou nie l'existence d'une chose accompagnant toujours celle qu'on veut démontrer. Par exemple : cet homme a la fièvre, car *il a le pouls agité* : voilà le signe. Le signe peut être nécessaire ou probable. Il est nécessaire quand la coexistence des deux choses est nécessaire elle-même. Alors l'enthymème sera démonstratif, et deviendra au besoin l'instrument de la science. Aristote indique comment on peut appliquer ce raisonnement à l'histoire naturelle en cherchant dans l'organisation physique des animaux le signe nécessaire de leurs mœurs et de leur genre de vie (*Prem. Analyt.*, liv. II, ch. XXVII, § 11). C'est par des enthymèmes de cette nature que Cuvier a reconstitué à l'aide de quelques ossements tout le monde anté-diluvien. Le signe est probable quand la coexistence des choses n'est elle-même que probable ; et l'enthymème rentre alors dans la dialectique. Les signes qu'emploie l'orateur sont tous de cette dernière espèce.

Il ne sera pas sans intérêt de faire remarquer ici combien la définition classique de l'enthymème est erronée. Les rhéteurs appellent enthymème un *syllogisme dont une des prémisses est sous-entendue*. Cette erreur provient peut-être d'une confusion. L'enthymème d'Aristote ἐκ σημείων n'a, en effet, qu'une prémisse, qui est le *signe* ; mais rien n'y est sous-entendu.

moins pour ce qui concerne les preuves, la rhétorique est contenue tout entière dans les Topiques.

Ainsi donc la théorie d'Aristote est une ressource d'une application universelle. L'auteur la juge ainsi (Topiq., liv. I, ch. II, § 1). Il la signale d'abord comme un salutaire exercice pour l'intelligence (πρὸς γυμνασίαν), comme un guide utile en toute matière. Elle sert aussi dans les conversations du monde (πρὸς τὰς ἐντεύξεις), dans les discussions de chaque jour sur les affaires publiques et privées, en un mot, sur tout ce qui nous intéresse. On ne s'étonnera pas qu'Aristote mentionne cet emploi de la dialectique, si l'on se rappelle combien les Grecs ont toujours pris goût à la dispute. Depuis que les sophistes étaient venus enseigner l'art de discuter, partout on discutait, sur la place publique, dans les écoles, au théâtre même, où tant de personnages d'Euripide et d'Aristophane viennent plaider le pour et le contre sur une même question.

Mais, si l'auteur des Topiques travaille un peu pour tout le monde dans son livre, c'est surtout l'intérêt de la philosophie qu'il a en vue. La méthode dialectique lui paraît principalement utile pour l'acquisition des connaissances philosophiques, « vu que, pouvant discuter les questions dans les deux sens, on voit plus aisément ce qui est vrai et ce qui est faux (1) ». Elle est aussi, à ses yeux, un puissant moyen de recherche et de découverte; elle nous fait connaître les premiers éléments de chaque science, elle les met en lumière par la discussion. « Car la dialectique est investigatrice de sa nature, et peut ouvrir la route vers les principes de toutes les connaissances humaines (2). » Ne reconnaît-on pas dans cette réflexion le disciple de Platon, l'héritier des traditions laissées par Socrate aux écoles d'Athènes? Socrate, en effet, n'avait enseigné qu'en discutant. L'illustre auteur des Dialogues avait employé la même méthode pour dégager toutes les grandes vérités morales et métaphysiques. Aristote, plus dogmatique qu'eux dans ses livres, disputait au Lycée, et y faisait disputer ses élèves. Les critiques anciens nous

(1) Topiq., liv. I, ch. II, § 5.
(2) Ibid, § 6.

apprennent qu'il avait composé aussi des dialogues à l'imitation de son maître. La dialectique occupait donc encore le premier rang, sinon dans la théorie, où la démonstration commençait à la remplacer, du moins dans la pratique de l'enseignement.

Dans un pareil état de choses, pouvait-on concevoir un projet plus beau et plus utile que d'expliquer et de réduire en art les procédés qui avaient produit les admirables chefs-d'œuvre de Platon? Mais, si la tentative était opportune, elle était en même temps bien hardie. Tracer les lois d'une dialectique universelle, dresser l'inventaire de toutes les ressources de la dispute, surprendre sous ses mille déguisements cet insaisissable Protée qu'on nomme la *discussion*, quelle œuvre gigantesque! Nous avons déjà dit qu'Aristote aime ces sortes de problèmes. Ils effraieraient toute autre intelligence que la sienne : pour lui, il les aborde avec courage, mais pourtant sans présomption.

Nous verrons plus tard s'il a atteint le but. Ce serait déjà glorieux d'avoir seulement montré le chemin ; car rappelons-nous qu'il est le premier qui ait essayé de soumettre le raisonnement à des règles. « Pour la rhétorique, dit-il dans l'épilogue de l'Organum, il y avait des travaux nombreux et anciens. Pour la science du raisonnement, au contraire, nous n'avions absolument rien d'antérieur à citer, et nos laborieuses recherches nous ont coûté bien du temps et des peines. » Il avoue qu'il a dû laisser des lacunes dans son ouvrage, car il est difficile d'atteindre du premier coup à la perfection : aussi réclame-t-il de ceux qui le liront quelque indulgence pour ses fautes, et, en même temps, quelque reconnaissance pour ses efforts (1). Il me semble qu'on ne peut s'empêcher d'être touché en voyant ce vaste génie, après avoir terminé l'œuvre la plus prodigieuse qu'ait jamais conçue l'intelligence humaine, se présenter avec une telle réserve devant la postérité. Que dire après cela du docteur Reid, qui accuse Aristote de vanité et d'orgueil? Il me paraît, au contraire, donner ici une grande leçon de modestie, dont pourraient profiter les auteurs de bien des préfaces.

(1) Réfutat. sophist., ch. XXXIV, § 9 et suiv.

CHAPITRE II.

QU'EST-CE QUE LES LIEUX COMMUNS OU τόποι ?

Connaissant l'objet des Topiques, nous avons à étudier maintenant l'ouvrage en lui-même, et à entrer avec Aristote dans les détails de l'exposition de sa méthode. Cette méthode consiste dans la théorie des lieux communs (τόποι) : tout le secret de la dialectique péripatéticienne est dans leur connaissance. La première chose que nous avons à faire est donc de nous rendre exactement compte de ce qu'Aristote appelle de ce nom. J'aurais voulu pouvoir suivre, dans l'analyse des Topiques, l'ordre des matières ; mais il faut nous en écarter pour un instant. Aristote ne commence à s'occuper spécialement des lieux que dans le second livre : tout le premier est consacré à une théorie générale et préliminaire de la dialectique. Mais, pour comprendre cette théorie même, il est déjà nécessaire de savoir ce que c'est qu'un lieu. Je laisse donc provisoirement de côté ce premier livre pour chercher la définition des τόποι. Du reste, si l'ordre que nous allons suivre n'est pas calqué sur le plan de l'ouvrage, c'est au moins l'ordre le plus logique. Car, les Topiques ayant tiré leur nom du mot τόπος, il est naturel d'expliquer d'abord le sens de ce titre.

Idée fausse qu'on se fait généralement des lieux communs.

Il semble qu'il soit inutile de définir les lieux communs. Qui de nous ne croit savoir ce que c'est après en avoir entendu si souvent parler ?

S'il est une matière usée et rebattue, c'est celle-là sans contredit. Néanmoins, si nous nous demandions franchement ce que nous avons appris de clair et de précis là-dessus dans les classes ou dans les livres, je crois que nous serions fort embarrassés, et que nous ne saurions seulement dire quelle est la nature des lieux : si ce sont des pensées ou des mots, des abstractions ou des réalités. En effet, l'idée que l'on s'en fait depuis long-temps est extrêmement confuse : chacun en a parlé à sa manière, et les a conçus différemment. Les uns les considèrent comme des répertoires de preuves toutes faites, qu'on peut transporter dans tous les sujets. D'autres y voient les titres généraux d'une classification des raisonnements, et n'en font par conséquent que des mots, des étiquettes annonçant la nature de chaque espèce d'argument. D'autres enfin ne se prononcent pas, et se contentent d'appeler les lieux des procédés d'invention, des sources communes de développements. Autant d'auteurs, autant de définitions différentes. Cependant aucune de ces définitions n'est la bonne; car aucune n'est celle d'Aristote et des héritiers immédiats de sa doctrine.

Faisons donc table rase de tout ce qu'on a pu dire sur les lieux communs hors de l'école péripatéticienne. Adressons-nous maintenant à celle-ci, et d'abord à son chef.

Aristote n'a pas défini les τόποι.

Une difficulté se présente ici. Aristote, qui commence toujours par définir avec une remarquable exactitude les choses dont il parle et les termes spéciaux dont il se sert, n'a point défini les lieux communs dans ses Topiques. Pour quel motif? C'est ce qu'il serait difficile de dire. Est-ce parce que le mot avait déjà été employé avant lui, et n'avait pas besoin de commentaire? On ne peut guère le supposer; car nous avons vu qu'il n'avait point eu de prédécesseur dans son œuvre; et Cicéron dit aussi que la topique fut inventée par Aristote (1). Si le mot τόπος n'était pas un mot nouveau, il eût donc été emprunté à un autre art, et détourné de son acception. Mais alors il aurait été plus que jamais nécessaire d'en préciser le sens.

(1) *Via ab Aristotele inventa.* (Top., c. 1.)

Aristote a-t-il donné, dans un ouvrage aujourd'hui perdu, la définition que nous cherchons? Ce serait plus vraisemblable; car son commentateur Alexandre d'Aphrodise nous apprend qu'il avait composé, outre les Topiques, plusieurs livres sur la dialectique (1); et l'on voit dans le catalogue de Diogène Laërce bien des titres de Traités de logique qui ne se retrouvent pas dans l'Organum. Cependant il serait encore bien étonnant qu'Alexandre d'Aphrodise, qui devait connaître les écrits dont il parle, n'en eût pas tiré la définition des lieux si elle s'y fût trouvée.

Faut-il croire enfin que le Stagirite avait réservé pour ses leçons du Lycée l'explication détaillée des τόποι, et qu'il a négligé pour cela d'y insister dans son livre? Je serais assez porté à admettre cette dernière hypothèse; car il y a dans toute la Logique un grand nombre de passages obscurs, incomplets, qu'on doit moins considérer comme des expositions que comme des résumés de théories développées dans l'école. Toute l'antiquité avait déjà remarqué ces lacunes et ces obscurités dans le texte d'Aristote, et plusieurs critiques les expliquaient en disant que le Stagirite avait enveloppé ses doctrines de mystères, et s'était plu à rester impénétrable à la foule (2). Sans aller aussi loin, nous pouvons croire à coup sûr qu'Aristote écrivait sa Logique bien plutôt pour ses disciples que pour le public; et il n'est pas étonnant que ses livres aient eu souvent besoin de ses leçons pour commentaires.

Les τόποι d'Aristote sont des propositions.

Quoi qu'il en soit, si la définition des lieux communs n'est pas formellement inscrite dans les Topiques, il n'est pas difficile de reconnaître ce que l'auteur entend par ce mot.

Ses τόποι sont des propositions exprimant une vérité générale.

Nous allons le prouver par quelques passages de ses ouvrages. Dans sa Rhétorique (liv. II, ch. XXII, § 13), au

(1) Alex. d'Aph., Εἰς τὸ α' τῶν Τοπικῶν, p. 5, Alde.
(2) V. Aulu-Gelle, *Nuits att.*, liv. XXII, ch. V.

moment où il va parler des lieux communs oratoires, il s'exprime ainsi : « Traitons maintenant des éléments des enthymèmes (τὰ στοιχεῖα τῶν ἐνθυμημάτων λέγομεν). Ces éléments sont la même chose que ce que j'appelle les lieux ». Or qu'entend-il par élément d'un raisonnement ? Il le dit dans la Métaphysique (liv. IV, ch. III) : « Les démonstrations premières (αἱ πρῶται ἀποδείξεις), qui se trouvent employées dans un grand nombre de démonstrations ultérieures, s'appellent les éléments des démonstrations ». Il est facile de reconnaître dans les sciences ces πρῶται ἀποδείξεις. Ce sont les vérités démontrées d'abord, et sur lesquelles s'appuient ensuite un grand nombre de théorèmes. En géométrie, par exemple, ce sont des propositions de ce genre : *Tous les angles droits sont égaux ; — Le périmètre enveloppant est plus long que le périmètre enveloppé.* Voilà des éléments parfaitement conformes à la définition d'Aristote.

Le syllogisme dialectique ne différant de la démonstration que parce qu'il est formé de prémisses probables, et non nécessaires, ces éléments devront être, par analogie, les premiers principes reconnus comme probables, c'est-à-dire les propositions exprimant une vérité générale admise par tous les hommes, et pouvant servir à prouver la vérité de beaucoup d'autres propositions. Tel sera le principe suivant : *Ce qu'on affirme d'un tout peut être affirmé de chacune de ses parties.* N'est-il pas évident, en effet, qu'il pourra jouer, dans la discussion et dans le discours, le même rôle que jouent en géométrie les vérités que je rapportais tout à l'heure ? Il deviendra donc un des éléments du raisonnement dialectique ; il sera un *lieu.*

Dans le chapitre de la Rhétorique que j'ai déjà cité, Aristote me semble déclarer formellement que le mot τόπος s'applique à des propositions. « Nous avons énuméré, dit-il, les lieux de toutes les espèces d'enthymèmes ; car nous avons rapporté sur chacune d'elles un choix de *propositions* (ἐξειλεγμέναι γὰρ αἱ προτάσεις περὶ ἑκαστόν εἰσιν) ; de sorte qu'on sait de quels lieux il faut tirer des arguments sur le bon et le mauvais, sur le beau et le laid, etc..... (1). » Je ne comprends

(1) Rhét., liv. II, ch. XXII, § 16.

pas ce que pourrait signifier ici le mot προτάσεις s'il ne s'applique pas aux τόποι eux-mêmes, dont le nom se trouve avant et après ce mot. Il est souvent question de la πρότασις dans toute la Logique : ce n'est pas une expression vague et indéterminée; elle désigne bien la proposition qui énonce un jugement, l'affirmation ou la négation qui doit entrer dans le syllogisme (1). Nous pouvons donc déjà conclure, d'après Aristote, sans trop de témérité :

1° Que les lieux communs sont des propositions exprimant les vérités probables les plus universelles ;

2° Que ces propositions sont les éléments de tous les raisonnements dialectiques.

Définition de Théophraste.

Ce résultat ne repose encore que sur des interprétations. Nous allons trouver dans les commentateurs des témoignages plus positifs.

Théophraste, disciple du Stagirite et fidèle héritier de ses doctrines, avait composé comme lui des Topiques. Il y fit ce que son maître avait omis dans les siens : il donna une définition des lieux communs, qu'Alexandre d'Aphrodise nous a conservée : « Théophraste, dit celui-ci, définit les lieux de la sorte : Un lieu est un principe universel ou élément, d'où nous tirons les principes particuliers de chacun de nos raisonnements; il est déterminé dans son acception générale, et indéterminé quant à ses applications : Ὁρίζεται ὁ Θεόφραστος τὸν τόπον οὕτως· Τόπος ἐστὶν ἀρχή τις ἢ στοιχεῖον ἀφ' οὗ λαμβάνομεν τὰς περὶ ἕκαστον ἀρχάς, τῇ περιγραφῇ μὲν ὡρισμένος, τοῖς δὲ καθ' ἕκαστα ἀόριστος (2) ». On voit que Théophraste emploie la même expression qu'Aristote (στοιχεῖον) pour désigner les τόποι ; ce qui doit nous faire supposer que sa définition est bien conforme à la pensée du maître. Il y joint le mot *principe* (ἀρχή), qui appartient aussi à la langue d'Aristote, où il est souvent appliqué aux vérités premières, aux axiomes. Ce dernier sens convient parfaitement à l'idée que nous avons donnée tout à l'heure

(1) Voir sur ce mot les Premiers Analyt., ch. I et II.

(2) Alex. d'Aphr., Εἰς τὸ β' τῶν Τοπικῶν, p. 67.

des lieux. Ils seraient, suivant Théophraste, les *axiomes* de la dialectique.

Ces principes ou axiomes sont, dit-il, des vérités abstraites : ils ne s'appliquent pas à telle question plutôt qu'à telle autre (*τοῖς καθ'ἕκαστα ἀόριστοι*) ; ils peuvent s'appliquer également à tout. Pour nous en servir dans l'argumentation, nous en tirons des propositions concrètes qui s'adaptent aux sujets que nous traitons, et qui deviennent les majeures de nos syllogismes (*ἀφ'οὗ λαμβάνομεν περὶ ἕκαστον ἀρχάς*).

Explication d'Alexandre d'Aphrodise.

La définition de Théophraste est très-précise, comme toutes celles des péripatéticiens. On peut la trouver trop savante peut-être, et par conséquent un peu obscure. Le commentateur y ajoute un exemple qui en éclaircit tous les détails de manière à satisfaire les esprits les plus exigeants. Je le laisse parler : « Voici un lieu : *Si une chose a tel caractère, son contraire a un caractère contraire.* Cette phrase, cette proposition est déterminée dans son acception générale ; car ce qu'elle affirme, elle l'affirme absolument de tous les contraires. Cependant elle ne détermine pas encore si cela est dit de tel contraire ou de tel autre. Mais, partant de ce principe général nous pouvons raisonner sur tous les contraires. En effet, supposons que l'on cherche *si le bien est utile* : nous formerons du lieu commun précédent une proposition applicable au problème proposé, à savoir que, *si le mal est nuisible, le bien est utile.* Or cette proposition tirera son existence et sa vraisemblance du lieu même que nous avons cité (1). » Il n'y a plus ici à s'y tromper ; nous ne sommes plus réduits à des conjectures et à des suppositions : l'écrivain cite lui-même un lieu, et ce lieu est bien une proposition, une vérité générale, ainsi que nous l'avions dit.

Opinions des principaux commentateurs.

La définition de Théophraste et l'explication d'Alexandre d'Aphrodise ont été acceptées et reproduites par les com-

(1) Alex. d'Aphrod., ib., p. 68.

mentateurs dont l'opinion a le plus de poids dans cette matière.

Boëce, dans son traité *De differentiis topicis*, appelle les τόποι des propositions premières ou principales, *propositiones maximas*. Ces propositions sont toutes celles qui sont évidentes par elles-mêmes, et qui n'ont besoin d'aucune autre proposition pour être démontrées : ce sont précisément nos axiomes. « *Cum sint propositiones quæ per se notæ sint, tum nihil ulterius habeant quo demonstrentur, hæ maximæ et principales vocantur* (1) ». L'auteur ajoute que ce sont ces principes généraux qui donnent au raisonnement sa valeur. Tantôt ils sont exprimés dans le syllogisme, tantôt ils sont sous-entendus ; mais, dans un cas comme dans l'autre, c'est toujours sur eux que s'appuie l'argumentation.

On a toujours cité Averroës comme le plus intelligent et le plus complet de tous les commentateurs du moyen-âge. Lui aussi juge les lieux comme nous venons de le faire. Il rappelle les définitions de Théophraste et d'Alexandre, et se range complètement de leur avis. « Un lieu, dit-il, est un principe ou élément d'où nous tirons les propositions de nos syllogismes dans toute espèce de problèmes particuliers. *Locus est principium quoddam et elementum a quo sumuntur propositiones cujuslibet syllogismorum qui fiunt de problematibus particularibus in unaquaque arte* (2) ». Le savant Arabe trouve aussi la confirmation de cette opinion dans le passage de la Rhétorique que j'ai cité : « Cette définition, ajoute-t-il, est la même que celle qu'Aristote a donnée dans le livre de la Rhétorique; car il y dit que les lieux sont les éléments du syllogisme (3) ».

Mais, parmi tous les commentateurs, ceux qui se sont exprimés le plus nettement sur la question qui nous occupe sont les professeurs de l'Académie de Venise, qui firent paraître au milieu du XVIe siècle une nouvelle paraphrase des Topiques d'Aristote, dont le fond est emprunté à Alexandre

(1) Boëce, *De differentiis topicis*, liv. II, p. 3.

(2) Averroës, *Commentaire des Topiques d'Arist.*, liv. I, 1er append.

(3) Ibid., Ibid.

d'Aphrodise. Ils y reproduisent d'abord la définition de Théophraste, et la rapprochent de celle de Boëce, qui en est comme l'intelligente explication. Ils font remarquer ensuite que Cicéron s'est écarté de cette doctrine; et ils avertissent de ne pas confondre ses τόποι avec ceux d'Aristote, car cette erreur était universelle de leur temps. Cicéron donne le nom de lieux à des mots; le Stagirite, à des vérités générales. « Remarquons, disent-ils, que M. Tullius ne comprend pas les lieux comme Aristote et les péripatéticiens. Ceux-ci entendent par *lieu* une proposition universelle évidente et connue *(propositio universalis manifesta et nota)*, qu'on a appelée plus tard principale *(maxima)*, et qui contient en puissance, sous une forme générale et indéterminée, beaucoup d'autres propositions, comme on le voit par la définition de Théophraste.... Cicéron, au contraire, entend par *lieux* les termes *(terminos)* d'où on tire ces mêmes propositions (1). » Les commentateurs vénitiens comparent ces deux manières d'envisager la topique; et ils n'ont pas de peine, comme nous le verrons dans la suite, à démontrer la supériorité de la doctrine du philosophe grec sur celle de l'orateur latin.

La recherche des τόποι est-elle possible ?

Après tous les témoignages que nous venons de rapporter, il est bien établi, je le pense, qu'Aristote a voulu appeler τόποι des vérités premières admises par tout le monde, confirmées par la conscience et le sens commun. Comme la démonstration procède des axiomes nécessaires, la dialectique procède des axiomes probables, c'est-à-dire des lieux.

On me dira peut-être : Qu'est-ce qu'un axiome probable? En existe-t-il? Doit-on assimiler la discussion à la science? Celle-ci repose sur des principes fixes et éternels; celle-là n'a d'appui que dans l'opinion. Or l'opinion n'est-elle pas changeante? et ce qui est changeant peut-il s'asseoir sur des bases certaines? Je répondrai qu'il suffit de jeter les yeux sur les

(1) *Nova explanatio Topicorum in Academia veneta*, 1559, page 29. (Biblioth. Mazar.)

ouvrages des philosophes et des orateurs depuis l'origine du monde pour s'assurer que la dialectique a bien aussi ses principes. Les dialogues de Platon ont-ils cessé d'être vrais? Les éléments dialectiques qui composent leurs ingénieuses déductions sont-ils plus douteux pour nous que pour les Grecs? Les arguments de Démosthène nous paraissent-ils avoir perdu de leur probabilité et de leur force, ou pouvoir jamais cesser de porter la conviction dans les esprits? Non certes. Si donc le raisonnement dialectique mène à des conclusions aussi durables, c'est qu'il a, lui aussi, la vérité pour fondement; c'est qu'il a ses idées premières, sûres et certaines, comme la science a les siennes. La seule différence qu'il y ait entre les unes et les autres, c'est que les principes de la discussion et du discours ne s'imposent pas impérieusement aux intelligences, comme des axiomes de géométrie : ils se font reconnaître par le bon sens, et accepter sans violence par la réflexion.

Faisons un retour sur nous-mêmes; et nous verrons que l'esprit humain est riche en idées de ce genre. Chaque jour l'expérience de la vie, la comparaison des choses, l'observation du cœur et des passions, enfin la lecture et le commerce des hommes ne nous découvrent-ils pas quelque vérité du sens commun? Voilà des éléments de la dialectique. Qu'est-ce aussi que ces maximes, ces proverbes que les générations se transmettent comme un dépôt de sagesse, sinon le résumé de tous les principes usuels de notre conduite et de nos raisonnements? Voilà encore des axiomes probables. Ce sont les plus triviaux sans doute, ce sont ceux de la foule des hommes. Outre ceux-là, le penseur en a d'autres qu'il puise dans l'étude, et dont il va toujours grossissant le nombre à mesure qu'il acquiert plus de lumières ou de pratique. Il y a donc, on le voit, dans nos intelligences une multitude de ces vérités vulgaires auxquelles ceux qui raisonnent font un appel journalier.

Mais on va me faire par cela même une objection nouvelle. Puisque le nombre de ces principes est si considérable, comment les étudier, comment les atteindre? La recherche en est impossible. Oui, sans doute, elle serait impossible si on voulait énumérer ces principes tels que nous les connaissons, tels que nous les employons. Car nous leur donnons toujours dans notre esprit une forme particulière; nous les appliquons à tel ou tel ordre d'idées ; nous ne les généralisons jamais. Ainsi nous disons en morale : *La vertu est la fin de l'homme, parce que le crime répugne à sa nature.* Nous disons en politique : *Evitons la guerre, car c'est la paix qui fait le bonheur des peuples.* Nous disons en littérature : *Respectez les règles, car celui qui les viole n'a jamais eu de succès durable.* Nous ne songeons pas que toutes ces propositions ne sont que des cas particuliers d'une même formule, de celle que nous avons vue il n'y a qu'un instant dans Alexandre d'Aphrodise, et qui exprime la relation des contraires. Si nous pouvions ramener ainsi tous les principes de nos raisonnements à leur expression la plus générale et la plus simple, nous n'en trouverions pas un aussi grand nombre qu'on peut le croire au premier abord.

Or c'est précisément cette forme abstraite et universelle des axiomes probables que cherche l'auteur des Topiques, puisque c'est là ce qu'il appelle les lieux. Sa tentative n'est donc pas une œuvre chimérique; son but n'est pas impossible à atteindre. Disons même que c'est une conception grande et originale, qui ne pouvait avoir pour auteur qu'un Aristote.

Ce qui doit surtout nous frapper dans cette théorie, c'est le rapport si simple qui unit la dialectique à la démonstration, qui rapproche le raisonnement probable du syllogisme rigoureux de la science. A quelque matière qu'il s'applique, l'esprit humain suit donc invariablement les mêmes lois dans ses argumentations. En toutes choses, il part des premiers principes. Dans les sciences exactes, ces principes sont les vérités éternelles et absolues. Dans l'éloquence, dans la vie ordinaire, ces principes sont les opinions communes à tous les hommes. C'est là la seule différence entre des raisonnements qui nous paraissent si opposés. Pour tout le reste, le philosophe et l'orateur procèdent comme le mathématicien. Quelle que soit la brillante parure dont ils revêtent leurs preuves, on y trouve toujours au fond les mêmes choses : des principes admis, et des conséquences tirées de ces principes par le syllogisme Or, comme celui qui possède les axiomes de la science possède la science, ainsi celui qui aura en sa puissance les axiomes du probabilisme, c'est-à-dire les premières croyances de l'humanité, ou lieux communs, sera maître des discussions, et pourra, s'il a le talent de se servir de ces ressources, gouverner à son gré les opinions et les intérêts. Tout se tient donc dans ce vaste système logique d'Aristote : c'est l'encyclopédie du raisonnement humain.

CHAPITRE III.

PREMIER LIVRE DES TOPIQUES : THÉORIE GÉNÉRALE DE LA DIALECTIQUE.

J'arrive à la partie la plus ingrate de ma tâche, quoique ce soit la plus importante : je veux dire l'exposition de la théorie d'Aristote et le compte-rendu de son ouvrage. Ce travail est difficile pour plusieurs raisons : d'abord à cause de l'obscurité et de la confusion qui se rencontrent plusieurs fois dans le texte ; ensuite, et surtout, à cause de la subtilité des idées, jointe à la concision du style. Les analyses de l'auteur sont si délicates, ses observations si fines et si minutieuses, son langage est en même temps si bref et si serré, qu'on est perpétuellement en danger, en le traduisant, de ne pas faire saisir sa pensée, ou, si on veut l'expliquer, de tomber dans le verbiage. Ce qui arrête et rebute aussi dans l'étude d'Aristote, c'est que les idées principales ne sont pas assez mises en lumière; les points importants de la doctrine, qui devraient être détachés du fond de l'ouvrage, sont souvent perdus au milieu de détails curieux, mais sans utilité, et dans un dédale de distinctions subtiles de choses et de mots, qui font déjà pressentir la scolastique. Ces défauts ont été signalés depuis long-temps dans presque tous les écrits d'Aristote ; ils se font plus particulièrement remarquer dans celui-ci : car on sait par Cicéron quelle a toujours été la réputation des Topiques. A tous ces titres, j'ai peut-être le droit de réclamer quelque indulgence. Je m'attacherai surtout aux parties essentielles de l'ouvrage ; je passerai légèrement sur tout ce qui ne me paraîtra qu'accessoire. J'aime mieux être clair en abrégeant que de m'exposer à devenir confus pour vouloir être trop complet.

Le premier livre des Topiques, que nous abordons en ce moment, renferme, comme je l'ai dit plus haut, la théorie générale de la dialectique. Cette théorie comprend quatre points principaux. Le premier nous est déjà connu : c'est l'explication du but de l'ouvrage et de son utilité. Les trois autres traitent :

1° De la division des questions dialectiques en quatre espèces ;

2° Des deux méthodes d'argumentation, induction et déduction ;

3° Des moyens ou instruments généraux (ὄργανα) pour se procurer les éléments du raisonnement.

Division des questions dialectiques.

On appelle question ou problème dialectique tout ce qui peut être mis en discussion.

Toute proposition probable peut devenir une question. Car la proposition et la question ne diffèrent que par la forme (1). Si je dis : *Le monde est éternel*, j'énonce une proposition. Si je dis : *Le monde est-il éternel, ou non?* c'est un problème. Il y a donc autant d'espèces de problèmes qu'il y a d'espèces de propositions. L'auteur en compte quatre. En effet, qu'appelle-t-on en logique une proposition? C'est une énonciation par laquelle on affirme ou on nie une chose d'une autre. Or tout ce qu'on peut nier ou affirmer d'une chose est :

Ou la définition de cette chose, comme quand on dit : *L'homme est un animal raisonnable ;*

Ou l'une de ses propriétés (son *propre*, en langage scolastique) ; par exemple : *Le propre de la bête est l'instinct ;*

Ou son genre : *L'âme est une substance ;*

Ou l'un de ses accidents, c'est-à-dire une des choses qui peuvent lui arriver ou ne pas lui arriver ; par exemple : *Tel homme est juste ; — Tel homme est savant.*

Toutes les propositions possibles rentrent dans l'une ou l'autre de ces quatre catégories. Par conséquent toutes les questions y rentrent aussi (2).

(1) Top., liv. I, ch. IV, § 4.
(2) Ibid., ib., § 2.

Les quatre espèces de propositions ou de questions sont très-distinctes les unes des autres, et séparées par des différences qu'il importe de connaître.

La *définition* exprime l'essence d'une chose. Dans la définition, le sujet et l'attribut peuvent être pris réciproquement l'un pour l'autre; car, si je dis que l'homme est un animal raisonnable, je pourrai dire tout aussi bien que tout animal raisonnable est un homme.

L'auteur fait voir que la question de la définition comprend aussi les questions d'identité, par lesquelles on prouve qu'une chose est la même qu'une autre. Toute définition est, en effet, une identité (1).

Le *propre* n'exprime pas l'essence de la chose, mais un caractère qui n'appartient qu'à cette chose seule. Un des propres de l'homme est de rire; car l'homme seul a cette faculté; elle le distingue de tous les animaux, sans cependant indiquer ce qu'il est. Le propre, comme la définition, peut être pris réciproquement pour son sujet, puisqu'il n'appartient qu'à lui (2). Si le propre du triangle est d'avoir la somme de ses angles égale à deux angles droits, toute figure dans laquelle cette somme égalera deux droits sera un triangle.

Le *genre* est ce qui est attribué essentiellement à plusieurs objets différents en espèces; ou encore, le genre est la réponse qu'on peut faire à cette question : Qu'est-ce que telle chose (3)? Par exemple : Qu'est-ce que la vue? — C'est un sens. Le genre ne peut pas être pris réciproquement pour le sujet auquel on l'attribue; car il a toujours plus d'étendue que lui. Ce qui distingue le genre, c'est qu'il entre dans la définition de la chose comme premier élément; car toute définition comprend, comme on sait, le genre et la différence spécifique.

A la question de genre Aristote rattache la question de différence. En effet les différences rentrent dans les genres, puisqu'elles sont les qualités distinctives des espèces de ces genres : Τὴν διαφορὰν ὡς οὖσαν γενικὴν, ὁμοῦ τῷ γένει τακτέον (ch. IV, § 2). Nous venons de voir aussi que le caractère de la diffé-

(1) Top., liv. I, chap. V, § 4.
(2) Ibid., ib., § 5.
(3) Ibid., ib., § 6.

rence, aussi bien que du genre, est d'entrer comme élément dans les définitions.

L'*accident* diffère de tout ce qui précède en ce qu'il n'est pas inhérent à la chose : c'est ce qui peut être ou ne pas être à un même sujet (1). Ainsi la justice, le bonheur, sont des accidents chez l'homme; car l'homme peut être juste ou injuste, heureux ou malheureux.

Aristote range encore parmi les questions de l'accident toutes les questions de comparaisons, qui sont celles dans lesquelles on discute si une chose convient mieux à tel sujet qu'à tel autre. Il montre que la comparaison ne peut s'appliquer qu'à l'accident; car l'accident seul est susceptible de degrés. Un genre ne peut pas être attribué à un sujet plus ou moins qu'à un autre; il doit être attribué absolument, ou ne pas l'être du tout. Il en est de même de la définition et du propre. Toute question de comparaison est donc une question d'accident.

Ainsi, en résumé, l'accident, le genre, le propre, la définition, sont les seuls points sur lesquels puisse porter une discussion. Il n'y a pas d'autres sujets possibles d'argumentation que ceux-là. L'auteur tient beaucoup à nous en convaincre; car tout son système est échafaudé sur cette division des problèmes. Aussi ne se contente-t-il pas de le prouver par l'expérience; il le démontre scientifiquement par la méthode dichotomique. « Quand on attribue, dit-il, une chose à une autre, il faut nécessairement que cet attribut soit réciproque ou ne le soit pas. S'il est réciproque, ce sera une définition ou un propre : définition, s'il exprime l'essence de la chose; propre, s'il ne l'exprime pas... Si l'attribut n'est pas réciproque, il faut qu'il fasse partie ou ne fasse pas partie de la définition du sujet. S'il en fait partie, il est genre ou différence; s'il n'en fait pas partie, il est clair qu'il est accident (2). » J'ai rapporté ce raisonnement tout entier, afin de faire voir jusqu'à quelle minutieuse exactitude descend quelquefois Aristote.

Les quatre espèces de questions que nous venons d'exa-

(1) Top., liv. I, ch. V, § 8.

(2) Ibid., ib., ch. VIII, § 2.

miner ont été appelées par les scolastiques les quatre *attributs dialectiques*. Il eût mieux valu peut-être leur conserver le nom de *questions* ou de *problèmes*. Il ne faut pas les confondre avec les cinq universaux de Porphyre, célèbres aussi dans l'école péripatéticienne, et qui sont : le *genre*, l'*espèce*, la *différence*, le *propre* et l'*accident*. Le docteur Reid a fait cette confusion dans son analyse de l'Organum (1). Les universaux de Porphyre sont une classification des mots ou termes généraux qui peuvent servir d'attribut à un sujet. La division d'Aristote n'est pas une classification de mots, mais de problèmes. Voilà pourquoi il y fait rentrer la définition ; tandis qu'elle est exclue des universaux, parce qu'elle n'est pas un attribut simple, mais complexe, exprimant à la fois le genre et la différence, qui sont déjà des universaux tous deux. On a pu remarquer, au contraire, que l'espèce et la différence, rangées parmi les universaux, ne font point partie des questions dialectiques ; elles se rattachent au genre. Nous l'avons déjà fait voir pour la différence ; c'est encore plus évident pour l'espèce ; car discuter si une chose est l'espèce d'une autre, c'est bien discuter si cette autre est le genre de la première. La théorie des universaux et celle des attributs dialectiques n'ont donc pas le même objet. Il faut avouer toutefois qu'elles ont beaucoup de points de ressemblance. C'est ce qui a fait dire souvent que Porphyre avait puisé la doctrine de son Introduction dans les Topiques.

Je reviens à mon sujet. La distinction des problèmes en quatre espèces sert de base à toute la théorie des Topiques, comme je l'ai annoncé tout à l'heure. En effet, l'auteur donne des τόποι particuliers pour chaque espèce de questions. De la sorte, l'exposition générale des lieux communs se trouve divisée en quatre parties :

Les lieux de l'accident, qui comprennent les livres II et III ;

Les lieux du genre, qui comprennent le livre IV ;

Les lieux du propre, qui comprennent le livre V ;

Les lieux de la définition, qui comprennent les livres VI et VII.

Aristote n'a pourtant pas considéré cette division comme

(1) Reid, t. I, p. 135.

absolument indispensable. Il avoue qu'on pourrait faire rentrer toutes les questions dans celle de la définition. C'est que, en effet, la définition comprend tous les problèmes en puissance; car, pour l'établir ou la réfuter, il faut prouver d'abord qu'elle convient ou ne convient pas au défini d'une manière absolue, ce qui se confond avec une question d'accident. Il faut prouver ensuite qu'elle renferme ou ne renferme point le genre et la différence spécifique du défini, ce qui est une question de genre; enfin, qu'elle peut être prise réciproquement pour son sujet, ou non, ce qui est une question de propre. Toute question de définition suppose donc une question de propre, une question de genre, une question d'accident. S'il en est ainsi, on pourrait rattacher toute la série des lieux communs au seul problème de la définition, puisque tous les lieux peuvent servir à réfuter et à défendre cette dernière. Aristote pourtant n'a pas voulu suivre ce plan. « D'abord, dit-il, il ne serait pas facile de trouver une méthode unique et générale pour toutes ces choses; et, la trouvât-on, elle serait très-obscure et peu praticable. Au contraire, si on établit une méthode spéciale pour chaque genre de problèmes, la recherche de la solution deviendra beaucoup plus facile (1) ».

Quoi qu'en dise Aristote, je crois qu'il s'est considérablement exagéré les difficultés d'une topique unique. Sa méthode d'ailleurs ne renferme pas moins d'inconvénients que celle qu'il blâme, comme nous le verrons plus tard. Ses successeurs n'ont pas été aussi timides que lui. Alexandre d'Aphrodise nous apprend que Théophraste avait déjà réduit à deux les questions dialectiques, faisant rentrer dans la définition le propre et le genre. Thémiste acheva cette réforme, et confondit tout dans le seul problème de la définition.

Il ne faut pas discuter indifféremment sur tout.

Aristote a dit en commençant que toute proposition probable pouvait devenir une question. Cela est vrai en théorie; mais, dans la pratique, il ne serait pas bon de mettre indif-

(1) Top., liv. I, ch. VI, § 2.

féremment en discussion toutes sortes de problèmes. L'auteur consacre quelques chapitres à déterminer quelles sont les questions sur lesquelles on peut raisonnablement disputer, et celles dont on doit s'abstenir.

Il interdit d'abord toutes celles qui supposeraient un doute absurde. Ainsi il serait ridicule de poser ce problème : *La neige est-elle blanche, ou non ?* « Car il n'y a qu'à s'en rapporter, sur ce point, au témoignage des sens (1). » Il interdit encore toutes les questions immorales, comme celle-ci : *Faut-il honorer les Dieux ? Faut-il chérir ses parents, ou non ?* Il serait superflu de répondre à celui qui en douterait : il aurait plutôt besoin, comme dit l'auteur, d'être châtié.

Ces principes s'appliquent aux discussions des écoles. Aristote songe presque toujours, dans son livre, aux exercices du Lycée. Il veut combattre ici dans l'esprit de ses disciples la tendance à batailler sur des propositions à l'égard desquelles tout le monde doit demeurer d'accord. C'était la mode, du temps des sophistes, de soutenir des causes impossibles, de faire briller son esprit en plaidant, contre la conscience humaine, en faveur de quelque paradoxe monstrueux. De pareilles discussions portaient atteinte au sentiment moral, et habituaient l'esprit au doute et au scepticisme. Aristote proscrit avec raison de pareils sujets ; et, si l'on se rappelle combien l'esprit des Grecs a toujours été porté vers la subtilité et la sophistique, on reconnaîtra que cette précaution n'était pas inutile.

Néanmoins l'auteur fait une concession au goût de la dispute et au besoin de varier les exercices des écoles : il permet de mettre quelquefois en discussion certaines opinions douteuses et même invraisemblables, qu'il appelle des *thèses*, *θέσεις*. « La thèse, dit-il, est une idée paradoxale avancée par quelque philosophe célèbre ; par exemple, *qu'on ne peut contredire quoi que ce soit*, selon Antisthène ; ou bien, *que tout est en mouvement*, selon Héraclite (2). » La discussion de ces sortes de questions touche de bien près aux exercices des sophistes. Cependant ce n'est pas encore de la sophistique ;

(1) Top., liv. I, ch. XI, § 9.
(2) Ibid, ib., ch. II, § 5.

car on sait, dans les thèses, que les opinions que nous soutenons ne sont pas les nôtres : c'est un rôle que nous jouons : nous nous faisons les avocats d'un personnage absent. Avouons toutefois qu'il y a là quelque danger pour le cœur et pour l'intelligence ; car on s'habitue bien vite ainsi à parler sans conviction. Aristote paraît se préoccuper plus que ses contemporains de cet inconvénient ; car il nous avertit de ne pas confondre la thèse avec la question dialectique, comme on le faisait généralement de son temps. « Habituellement, dit-il, presque toutes les questions sont appelées des thèses. » Ce n'est pas que la distinction de ces deux mots soit bien importante ; mais la distinction des deux choses l'est beaucoup.

Des deux méthodes d'argumentation.

La troisième partie du premier livre traite des deux méthodes d'argumentation. Dans la dialectique, comme dans les sciences, il y a deux manières de raisonner. Par l'une, on va du général au particulier ; par l'autre, du particulier au général. La première est la déduction, qu'Aristote appelle le syllogisme ; la seconde est l'induction, ἐπαγωγή. Un chapitre très-court leur est consacré (liv. I, ch. XII). L'auteur n'a pas jugé nécessaire d'insister sur ce sujet car il l'a traité complètement dans les Analytiques. Il y a fait voir en quoi consistent ces deux formes de raisonnement, et quels sont leurs rapports et leurs différences.

Il ajoute seulement ici quelques mots sur l'utilité de chacune des deux méthodes. Suivant lui, « l'induction est plus persuasive, plus claire et plus accessible au vulgaire ; le syllogisme, au contraire, est plus puissant et plus impérieux (1) ». On devra donc se servir de l'induction quand on s'adressera à la foule, quand on discutera avec des interlocuteurs à qui les idées générales ne sont pas familières : c'est ce que faisait souvent Socrate dans son enseignement de la place publique. Mais on se servira plutôt de la déduction quand on parlera à un auditoire instruit, à des philosophes.

(1) Top., liv. I, ch. XII, § 5.

Aristote le recommande lui-même dans le dernier livre de ses Topiques : « Il faut employer, dit-il, avec un débutant le procédé de l'induction, et celui du syllogisme avec l'homme habile (1). »

Des instruments dialectiques.

Jusqu'à présent notre auteur a présenté sa théorie d'une manière assez claire.

La topique est une méthode pour discuter sur toutes choses.

Les questions auxquelles elle s'applique peuvent se réduire à quatre espèces : les questions de définition, de propre, de genre, d'accident.

Enfin elle emploie les deux procédés de raisonnement communs à toutes les sciences : l'induction et la déduction.

Ce qui suit n'est pas aussi facile à expliquer. Les six derniers chapitres du premier livre renferment une doctrine qui est toujours demeurée fort obscure : c'est celle des *instruments dialectiques*, comme on l'a nommée dans l'école péripatéticienne.

Les instruments dialectiques, suivant les paroles de l'auteur, sont des moyens, des procédés particuliers destinés à nous fournir en abondance des syllogismes et des inductions (*τὰ ὄργανα δι' ὧν εὐπορήσομεν τῶν συλλογισμῶν καὶ τῶν ἐπαγωγῶν*) (2). Mais ces paroles sont embarrassantes ; car il semble que ces procédés et ces moyens doivent être les lieux eux-mêmes. Cependant, dans la théorie du premier livre, il n'est pas encore question des lieux, mais seulement d'une sorte de méthode générale qui paraît leur servir de préambule.

La plupart des commentateurs ont négligé d'éclaircir le sens de cette théorie, et de montrer comment elle se lie à ce qui suit. C'est peut-être parce qu'ils ont vu que le reste de l'ouvrage se comprend sans elle. Néanmoins elle occupe trop de place dans le livre d'Aristote pour que nous la passions sous silence. Il faut donc nous y arrêter. Nous laisserons

(1) Top., liv. VIII, ch. XIV, § 13.
(2) Top., liv. I, ch. XIII, § 1.

d'abord parler l'auteur, et nous exposerons ses idées sans les discuter.

« Les instruments, dit-il, par lesquels nous trouverons la matière des syllogismes et des inductions sont au nombre de quatre. Le premier consiste à recueillir des propositions (προτάσεις λαβεῖν); le second, à distinguer les objets auxquels s'applique un même terme (ποσαχῶς ἕκαστον λέγεται διελεῖν, ce qu'Aristote appelle aussi discerner l'homonymie); le troisième, à découvrir les différences des choses; le quatrième, à saisir leurs ressemblances (1). » Il ajoute : « Ces trois derniers instruments sont aussi, en quelque sorte, des moyens de trouver des propositions; car leurs résultats peuvent se convertir en propositions (2) ». Et il le fait voir par des exemples. En effet, il est évident qu'on peut toujours tirer une proposition, soit d'une distinction que l'on a faite entre les divers emplois d'un mot, soit d'une ressemblance ou d'une différence qu'on a découverte entre plusieurs choses; on comprend même que ces opérations diverses ne serviront dans le raisonnement qu'autant qu'on en formera des propositions, puisqu'en définitive ce sont ces dernières qui font le raisonnement. Les quatre instruments dialectiques ont donc pour but commun de nous procurer les propositions dont nous avons besoin, soit en nous en donnant de toutes faites, soit en nous indiquant des procédés pour en faire.

L'auteur étudie ensuite chacun de ces moyens en particulier, et signale son utilité.

Premier instrument. — Recueillir des propositions. — Les propositions dont il est question ici sont les idées probables qu'on a définies plus haut, et dont on a indiqué les différentes espèces. En disant quelles elles sont, on a dit par cela même où et comment il faut les chercher. Le dialecticien, pour avoir des propositions sur les problèmes qu'il traite, n'a qu'à consulter les opinions des hommes, des sages, prendre sous forme opposée le contraire des idées déjà reconnues comme probables, etc. (ch. XIV, § 1). Il pourra faire à l'avance des recueils de toutes ces pensées pour y puiser au besoin. Il les

(1) Top., liv. I, ch. XIII, § 1.
(2) Ibid., § 2.

classera par genres et par espèces pour mieux les retrouver ; il pourra les diviser, par exemple, en pensées *morales*, *physiques*, *logiques* (ibid., § 6). Il devra s'habituer à donner toujours aux propositions leur forme la plus générale ; car d'une proposition générale on peut en faire plusieurs en la particularisant (ibid., § 8).

Tels sont les principaux moyens de se procurer des propositions. Leur efficacité n'est pas douteuse : il est certain que, si on se prépare à chaque question par un travail de cette nature, on ne pourra pas manquer de ressources pour raisonner.

Second instrument. — Voici en quoi consiste le deuxième procédé. Certains termes servent à désigner plusieurs choses différentes : par exemple, le mot *bon* s'applique à ce qui est honorable et à ce qui est utile. Aristote appelle ces termes des *homonymes* (*Catég.*, ch. 1, § 1). Le second instrument dialectique a pour objet de distinguer les homonymies.

Lorsque l'homonymie est apparente, il suffit de la moindre attention pour la constater. Aussi l'auteur ne s'occupe-t-il que du cas où elle est cachée ou douteuse. Il expose un grand nombre de règles qui doivent servir alors à la découvrir. En voici une qui donnera une idée de toutes : quand on ne sait pas si un mot est homonyme ou non, il faut chercher si son contraire est homonyme ; car, en ce cas, le premier mot le sera aussi. Par exemple, ὁρᾷν a-t-il deux significations ? Oui, car οὐχ ὁρᾷν en a deux, et veut dire *être aveugle* et *ne pas regarder* : ὁρᾷν signifiera donc *regarder* et *être doué de la vue* (liv. I, ch. XV, § 8).

J'ai choisi la règle la plus simple et la plus facile ; les autres sont souvent loin d'être aussi claires. Tout le quinzième chapitre, consacré à leur développement, et d'ailleurs fort long, est rempli d'analyses si minutieuses qu'il est fort douteux qu'elles puissent servir jamais dans la pratique. La matière prêtait à la subtilité ; et il est rare, en pareil cas, que l'esprit d'Aristote, naturellement curieux et chercheur, échappe aux défauts de son sujet.

Mais comment la recherche de l'homonymie peut-elle nous faire trouver des propositions ? Le voici. Je prends un homonyme cité par l'auteur lui-même, le mot αἱρετός, désirable.

Supposons qu'on ait à prouver que la guerre n'est pas désirable. On remarquera que *désirable* peut s'appliquer soit au *beau*, soit à l'*agréable*, soit à l'*utile* (αἱρετόν ἐστι τὸ καλόν, ἢ τὸ ἡδύ, ἢ τὸ συμφέρον) (1). On montrera donc que la guerre n'est ni belle, ni agréable, ni utile. Par conséquent elle n'est pas désirable, puisque rien n'est désirable qui ne soit ou utile, ou agréable, ou beau.

Outre cette utilité générale du deuxième instrument, Aristote fait encore remarquer qu'il est très-important, pour la clarté des discussions, de savoir discerner les divers emplois des mots. Sans cela on ne s'entend jamais (ch. XVIII, § 1). Car, qu'on rencontre un terme homonyme, les uns le prendront dans un sens, les autres dans un autre; puis chacun poursuivra sa pensée sans réfuter celle de l'interlocuteur. De la sorte tout le monde a tort comme tout le monde a raison, et l'on dispute indéfiniment sans aboutir à rien.

Troisième et quatrième instrument. — Découvrir les différences et les ressemblances. — Chacun connaît ces deux procédés, et sait que c'est par une comparaison attentive des choses entre elles qu'on peut saisir leurs ressemblances et leurs différences. Aussi Aristote passe-t-il légèrement sur cette partie de son sujet.

Le dialecticien doit s'exercer à chercher les différences soit entre des espèces d'un même genre, comme entre le courage et la justice, qui sont deux vertus, soit entre des genres voisins l'un de l'autre. Les différences entre des choses éloignées sont assez apparentes d'elles-mêmes, et n'exigent aucune étude (ch. XVI).

Il faut, au contraire, s'habituer à découvrir des ressemblances entre les objets les plus différents; car alors on saura en trouver d'autant plus aisément dans les autres cas (ch. XVII, § 3). Les choses ne se ressemblent pas seulement par la conformité de leur nature, mais encore par l'identité de leur rapport avec d'autres choses; de sorte que la ressemblance peut être observée dans des genres même très-distants l'un de l'autre (ch. XVII, § 1).

Il est bien peu de matières où la différence et la similitude

(1) Liv. I, ch. XIII, § 2.

ne fournissent pas des éléments de preuves. Mais elles servent plus particulièrement dans certains genres de problèmes et dans quelques raisonnements. La première est nécessaire dans les questions d'identité, comme celle-ci : La justice est-elle la même chose que la sagesse? Car comment y répondre autrement qu'en citant des différences, ou en établissant qu'il n'y en a pas? La seconde est le principal instrument de l'induction. En effet, « c'est, dit l'auteur, du rapprochement des cas particuliers semblables qu'on induit l'universel ; et l'induction n'est pas facile quand on ne connaît pas les ressemblances (1) ». Enfin toutes deux sont utiles dans les questions de définition. Cela est évident pour la différence, puisqu'elle doit être énoncée dans la définition même ; quant à la similitude, elle aide à trouver le genre du défini. Car le genre est ce par quoi les espèces se ressemblent : on le découvre donc en cherchant par la comparaison ce que ces espèces ont de commun (ch. XVIII, § 13).

Rapport des instruments dialectiques avec les τόποι.

Jusqu'ici nous n'avons fait que traduire ou résumer. Il résulte de ce que nous avons vu que les instruments dialectiques sont quatre procédés pour chercher les éléments de nos preuves, en un mot, quatre méthodes particulières d'invention.

Mais quel rapport y a-t-il entre cette théorie et celle des lieux communs? Ne semblent-elles pas poursuivre toutes deux le même objet? Nous avons prouvé, d'après Aristote et les péripatéticiens, que les lieux communs sont les idées générales adoptées comme vraies par l'humanité, et où nous puisons, comme d'une source commune, les propositions qui forment les prémisses de nos raisonnements. Or le premier instrument dialectique a précisément pour but de tirer de ces mêmes vérités générales, de ces mêmes idées probables qui constituent le domaine des opinions humaines, des propositions applicables à ce que nous voulons démontrer. On peut

(1) Liv. I, ch. XVIII, § 10

en dire autant des trois autres instruments; car leurs procédés divers aboutissent toujours à la découverte d'une proposition probable qui doit entrer dans le raisonnement. Il s'ensuivrait donc que les instruments seraient destinés à jouer le même rôle dans la topique que les lieux communs, et à nous procurer ce que nous fournissent déjà ces derniers. Par conséquent l'une ou l'autre de ces deux méthodes serait inutile. Car, si nous connaissons les lieux communs, nous y trouverons toutes les propositions dont nous avons besoin pour raisonner, et nous n'aurons que faire alors des instruments. De même, si nous possédons bien la méthode des instruments, si nous savons faire jouer à volonté les ressorts de ce savant mécanisme, nous pourrons aussi, par ce moyen, nous procurer toutes les prémisses de nos raisonnements, et l'étude des lieux communs sera superflue.

Telle est, dans toute sa force, l'objection qu'on peut faire à Aristote. Aucun commentateur ne l'a signalée, et n'a paru même la soupçonner. Il nous semble cependant impossible qu'un lecteur attentif ne se la pose pas tout d'abord. Essayons d'y répondre, et de mettre l'auteur d'accord avec lui-même.

Remarquons premièrement que les instruments sont des méthodes particulières : ils s'appliquent à chaque problème qu'on a à résoudre, et, par conséquent, les propositions qu'ils nous fournissent ne sont pas des propositions générales et abstraites, mais des propositions spéciales convenant au sujet donné. Dans toute matière nouvelle qu'on veut traiter il faut recommencer l'épreuve des instruments : la proposition qu'on a obtenue pour une question ne peut pas servir à une autre : les instruments ne donnent que des résultats particuliers. Les lieux, au contraire, sont des principes exprimés sous la forme la plus générale et la plus étendue : ils ne se confondent donc pas avec les instruments. Mais il est évident que, en généralisant les propositions que fournissent les instruments, on arriverait aux τόποι, ou que, en donnant aux τόποι une forme concrète pour les appliquer à un raisonnement particulier, on aurait la même proposition qu'on eût obtenue par les instruments. Un passage d'Averroès me paraît confirmer cette explication : c'est celui qui termine son commentaire du premier livre : « Tels sont, dit-il, les instruments par lesquels on découvre les lieux particuliers de chaque question, compris dans les lieux généraux que l'on énumèrera plus loin. *Hæc sunt instrumenta quibus inveniuntur loca particularia uniuscujusque quæsiti locorum universalium quos post hoc narrabit.* » De quelque façon qu'on traduise cette phrase, assez obscure vers la fin, il en résulte toujours que l'auteur appelle *loca particularia* les propositions obtenues par les instruments, et qu'il les rattache aux τόποι. Ces mots nous indiquent le rapport des deux théories entre elles. Les résultats de la méthode des instruments rentrent dans les lieux communs ; les lieux communs sont ces mêmes résultats généralisés.

Ainsi les τόποι restent toujours le véritable couronnement de l'œuvre d'Aristote. Ils ont un avantage sur les instruments dialectiques : ils nous offrent toutes prêtes les ressources que ceux-ci nous laissent la peine de chercher. Les instruments ne sont qu'un système transitoire, un acheminement vers la doctrine définitive. S'il fallait sacrifier l'une ou l'autre de ces deux théories, c'est sans contredit celle du premier livre qui devrait disparaître.

Pourquoi donc, me dira-t-on, l'auteur l'a-t-il laissée subsister? — Il eût pu la supprimer sans doute. Mais rappelons-nous comment il a l'habitude de procéder dans l'exposition de ses idées. Nous en avons eu un exemple dans les Premiers Analytiques. Nous avons vu là qu'il suit la méthode empirique ; qu'il arrive par l'expérience aux lois du syllogisme au lieu de les démontrer scientifiquement. Je crois qu'il fait de même dans les Topiques. Avant de nous apprendre le dernier secret de l'art, il nous fait passer par les intermédiaires qui y mènent. Il explique les choses comme il les a trouvées. La donnée d'où il est parti, c'est le problème. Pour le résoudre, l'observation lui a suggéré un premier procédé, celui des instruments. Mais ce procédé était insuffisant; car, à chaque question nouvelle, il nécessitait un nouveau travail. Il conçut alors que, en généralisant les résultats obtenus une première fois par les instruments, on pourrait en tirer des formules applicables à tous les cas, et qui serviraient à résoudre les problèmes suivants. Il arriva ainsi aux lieux communs.

Nous avons déjà dit que cette manière d'exposer est celle de presque tous les inventeurs. Ils présentent analytiquement leurs idées, parce que c'est par l'analyse qu'ils les ont découvertes. C'est plus long peut-être, mais c'est plus instructif. Les disciples qui leur succèdent vont plus directement au but, et retranchent ordinairement toutes les doctrines intermédiaires par lesquelles a dû passer le maître, ainsi qu'on débarrasse de ses échafaudages un édifice achevé. C'est ainsi que la théorie des instruments dialectiques a disparu des ouvrages postérieurs à Aristote. Elle n'est ni dans Cicéron ni dans Thémiste : tout porte à croire qu'elle n'était déjà plus dans Théophraste. On l'a jugée inutile dès que les lieux étaient connus. En effet, elle peut paraître superflue dans un livre purement didactique. Mais doit-on regretter de la trouver dans Aristote? N'aime-t-on pas à connaître par quelle série de moyens ce grand esprit est parvenu à composer son système? Il y a toujours beaucoup à gagner dans cette révélation des efforts et des recherches d'un homme de génie. Quand la doctrine des instruments n'aurait pas d'autre utilité que de nous initier plus complètement à la pensée du Stagirite, elle mériterait, à ce seul titre, notre attention. Mais peut-être n'est-elle pas sans valeur par elle-même. Elle renferme déjà toute une théorie de l'invention, puisqu'elle indique des moyens pour trouver des éléments de preuves et d'amplifications. Cette théorie n'est qu'une ébauche, et laisse beaucoup à faire à chaque écrivain qui veut s'en servir. Mais, pour cette raison, quelques esprits, jaloux de conserver dans leurs travaux plus de liberté et d'initiative, et voulant toujours penser par eux-mêmes, pourront la préférer à la théorie plus complète des lieux communs.

CHAPITRE IV.

SECOND ET TROISIÈME LIVRE DES TOPIQUES : LIEUX DE L'ACCIDENT.

Aristote commence l'énumération de ses lieux communs par ceux de l'accident. Les commentateurs nous en donnent la raison. C'est que le problème de l'accident est le plus commun et le plus simple. Il consiste à prouver qu'un attribut convient ou ne convient pas à un sujet à quelque titre que ce soit. Le genre, le propre et la définition conviennent aussi à leur sujet, mais à un titre déterminé, c'est-à-dire comme définition, comme propre ou comme genre. En commençant par l'accident, Aristote va donc du simple au composé, ce qui est la marche la plus naturelle.

Nous avons dit aussi, dans le chapitre précédent, que les questions de comparaisons se rattachaient à la question d'accident. Cependant elles ont leurs lieux communs spéciaux ; de sorte que les lieux de l'accident sont divisés en deux séries :

1° Les lieux de l'accident absolu, exposés dans le livre II ;

2° Les lieux de l'accident comparé, ou des comparaisons, exposés dans le livre III.

Comme c'est dans cette conception des τόποι qu'est toute l'originalité de l'œuvre d'Aristote, nous allons présenter un tableau de ceux que renferment ces deux livres. Nous ne les rapporterons pas tous : la liste en serait trop longue ; car le second livre comprend quarante-quatre lieux, et le troisième, soixante-quatre. Nous ne ferons connaître que les plus importants : ce sera assez pour apprécier la méthode de l'auteur.

Mais, avant de commencer cette énumération, quelques observations sont encore nécessaires.

Il en est une que fait Aristote lui-même : c'est que les lieux qui servent à prouver les propositions universelles servent aussi à prouver les propositions particulières. Par exemple, s'il y a un lieu pour démontrer que *toute guerre est injuste*, on démontrera également par ce lieu que *quelques guerres sont injustes*. On n'a donc besoin de présenter les lieux dans la topique que sous leur forme universelle. Il n'en est pas tout-à-fait de même pour les propositions négatives et affirmatives. Il est vrai que la plupart des lieux peuvent servir à la réfutation comme à la confirmation : ainsi, si l'on prouve que *tel attribut convient à tel sujet* parce que *l'attribut contraire convient au sujet contraire*, on prouvera tout aussi bien que *tel autre attribut ne convient pas à tel autre sujet* parce que *l'attribut contraire ne convient pas au sujet contraire*. Mais il y a quelques lieux qui ne sont bons que pour les thèses affirmatives seulement, ou pour les thèses négatives, et qu'on ne saurait convertir comme le précédent sans aboutir à une fausseté. Tel est celui-ci : *Tout ce qui est nié du genre est nié de l'espèce*. Cette proposition est incontestable : car, si je nie l'*immortalité* du genre *animal*, je dois la nier nécessairement de l'espèce *homme*. Voilà donc un lieu propre aux questions négatives. Mais qu'on veuille l'appliquer aux questions affirmatives, et qu'on dise : *Tout ce qui est affirmé du genre est affirmé de l'espèce*, on aura une proposition erronée. Car je puis affirmer du genre *animal* les qualités accidentelles d'*ailé* et de *quadrupède*, qui ne s'appliquent nullement à l'*homme*. Il faut donc distinguer les τόποι qui conviennent aux deux sortes de problèmes et ceux qui ne conviennent qu'à une seule. Aristote fait cette distinction pour chacun d'eux spécialement. Ce serait bien long dans un résumé comme le nôtre. Nous présenterons donc les lieux sous la forme où ils doivent servir aux thèses affirmatives; et, quand nous n'ajouterons aucune remarque, c'est qu'ils pourront servir également aux négatives.

La seconde observation que j'ai à faire appartient aux commentateurs. Les lieux communs sont incontestablement pour Aristote des propositions ; mais il ne les présente pas toujours sous cette forme, surtout dans le second livre. Il les donne souvent comme des conseils et des préceptes. Il dit par exemple : *Il faut examiner si la définition de l'accident donné convient au sujet* ; au lieu de dire : *Quand la définition de l'accident donné convient au sujet, l'accident convient au sujet.* Il est toujours facile du reste de tirer de ces conseils la proposition qui constitue le lieu. C'est ce que nous aurons soin de faire généralement, afin de mettre quelque harmonie dans l'exposition de cette doctrine.

Alexandre d'Aphrodise, qui a fait le premier cette remarque, nous apprend, à ce sujet, que Théophraste avait distingué les *préceptes* des lieux proprement dits. Il appelait précepte (παράγγελμα) « une proposition plus commune, plus universelle et plus simplement exprimée, d'où on tire le lieu. Le précepte est l'origine du lieu, comme le lieu est le principe du raisonnement (1) ». Aristote, ajoute le commentateur, a toujours donné indistinctement le même nom à ces deux choses. Cette confusion est bien peu importante, puisqu'il ne s'agit, après tout, que d'une différence de forme.

Voici maintenant, sous leur forme logique, les principaux τόποι.

Lieux de l'accident absolu.

1er *lieu.* — *Un accident attribué à toutes les parties d'un tout peut s'attribuer à ce tout ; et, réciproquement, attribué au tout, il doit pouvoir s'attribuer à chaque partie* (liv. II, ch. II, § 2). Je n'ai pas besoin d'insister sur la vérité de ce principe. Il est employé à chaque instant par les orateurs, qui le déguisent de mille manières différentes. Ecoutons Massillon : « L'ambitieux ne jouit de rien : ni de sa gloire : il la trouve obscure ; ni de ses places : il veut monter plus haut ; ni de sa prospérité : il sèche et dépérit au milieu de son abondance..... » (*Petit Car.*, 2e serm.) Qu'est-ce que ces mots, *gloire*, *places*, *prospérité*, sinon les parties de ce tout, de cette somme de biens que possède l'ambitieux?

2e *lieu.* — « Un autre lieu, dit Aristote, c'est de faire la définition de l'accident et du sujet auquel il est attribué, ou de tous deux pris ensemble, et de voir ensuite si l'on n'a pas

(1) Alex. d'Aph., Εἰς τὸ β' τῶν Τοπικῶν, p. 72.

pris pour vrai quelque élément qui, dans la définition, se trouve faux (ch. II, § 3) ». Ce précepte, donné pour la réfutation (1), se résout en trois lieux qui conviennent aussi bien aux thèses affirmatives :

Si la définition de l'accident s'applique au sujet, l'accident s'y applique lui-même ;

Si l'accident s'applique à la définition du sujet, il s'applique aussi à ce sujet ;

Si la définition de l'accident s'applique à la définition du sujet, l'accident s'applique au sujet.

Ces lieux ne sont pas moins fréquemment employés que le précédent. Tout le monde connaît la fameuse définition que Fléchier donne d'une armée pour montrer combien elle est difficile à conduire. C'est le *sujet* qui est défini dans ce passage. Les exemples ne manqueraient pas pour les autres cas.

3e *lieu.* — Au lieu de définir la chose, on ne définit quelquefois que le mot (ch. II, § 5). Ce moyen est bien faible pour soutenir une thèse ; mais il a plus de force dans les réfutations. Si l'idée qu'a voulu exprimer l'interlocuteur ne répond pas au sens du terme dont il s'est servi, il peut être convaincu, par cela même, de sophisme. Les stoïciens en fourniraient un exemple. Ils disaient que le sage est roi. En définissant cette dernière expression, il était facile de les confondre. Aristote veut qu'on se conforme toujours à l'usage pour le sens des mots. Il dit très-sagement qu'*on ne doit pas penser comme le vulgaire, mais qu'il faut parler comme lui.*

4e *lieu.* — *Ce qui est accident de l'espèce est accident du genre.* — *Ce qui n'est pas accident du genre ne peut pas l'être de l'espèce* (ch. IV, § 2). Nous avons déjà fait voir plus haut que le dernier de ces principes ne sert qu'à la réfutation. Le premier, pour la même raison, ne sert qu'à la confirmation. On ne peut pas dire, en effet, que ce qui n'est pas accident de l'espèce ne soit pas accident du genre ; car tel caractère

(1) Aristote présente presque tous ses lieux sous la forme qui convient aux thèses négatives. Il en donne la raison (liv. II, ch. 1) : c'est que, dans la dialectique des écoles, on avait plus souvent occasion de réfuter que de confirmer des propositions.

qui ne convient pas à l'espèce humaine, comme celui d'ovipare, conviendra cependant accidentellement au genre *animal*, puisque certains animaux le possèdent.

Ce lieu du reste n'est pas d'une application aussi générale que les précédents. Il repose sur des distinctions assez subtiles, bien voisines de la scolastique. Je ne l'ai cité ici que parce qu'on en a tiré plus tard un lieu commun oratoire.

5e *lieu.* — Quand un accident a un antécédent ou un conséquent nécessaire, *l'existence de l'accident est prouvée si l'on prouve l'existence de l'antécédent ou du conséquent* (ch. IV, § 5). C'est le principe de l'argument de Pyrrhus à Hermione :

> Il faut se croire aimé pour se croire infidèle.

6e *lieu.* — *Ce qui n'est qu'accident temporaire ne peut être donné comme accident absolu* (ch. IV, § 6). Ce lieu ne peut servir qu'à réfuter. Cinna l'emploie contre Maxime :

> Il est vrai que du ciel la prudence infinie
> Départ à chaque peuple un différent génie ;
> Mais il n'est pas moins vrai que cet ordre des cieux
> Change selon les temps comme selon les lieux...

7e *lieu.* — *Si le contraire de l'accident est au sujet, l'accident donné ne peut être à ce sujet* (ch. VII, § 2). En effet, deux contraires ne sauraient être appliqués simultanément à un même sujet.

Ce lieu peut toujours servir pour réfuter. Mais il ne sert pas toujours pour prouver. Car il ne serait pas vrai de prétendre qu'un accident doit convenir à un sujet parce que le contraire de cet accident ne convient pas à ce sujet. De ce qu'une action n'est pas injuste, il ne s'ensuit pas pour cela qu'elle soit juste. Elle peut être indifférente ; car le juste et l'injuste admettent un intermédiaire. Mais, comme le fait remarquer l'auteur, il y a des contraires qui n'admettent pas d'intermédiaire, comme la santé et la maladie (ch. VI, § 4). Dans ce dernier cas, le lieu qui nous occupe pourra servir aussi à confirmer.

8e *lieu.* — *Si un accident entraîne pour conséquence l'existence simultanée des contraires dans le même sujet, cet accident ne convient pas au sujet* (ch. VII, § 3). C'est le principe des raisonnements par l'absurde : il ne sert qu'à réfuter.

Ce lieu ne se confond pas tout-à-fait avec le précédent, comme on pourrait le croire au premier abord, car ils se ressemblent beaucoup. Voici un exemple qui fera voir leur différence. En m'appuyant sur le premier, je dirai : Pierre n'est pas l'*ennemi* de Paul, car il est son *ami*. En m'appuyant sur le second, je dirai quelque chose de plus : Pierre *n'a pas fait de tort* à Paul, car alors il eût été son *ennemi* : or il est son *ami*. On voit encore une fois de plus par là quelle minutieuse exactitude il y a dans les analyses d'Aristote.

9e *lieu* — Ce lieu est tiré des différents rapports qu'offrent les oppositions. Pour le bien comprendre, il faut rappeler d'abord que notre auteur compte quatre espèces d'oppositions entre les choses, ou, comme il le dit, quatre espèces d'*opposés*, (ἀντικείμενα) (*Catég.*, ch. X). Ce sont : 1° les opposés contradictoires, ou opposés par négation et affirmation, comme *vrai* et *non vrai ;* 2° les contraires, comme *utile, nuisible ;* 3° les opposés par possession et privation, comme *richesse, pauvreté ;* 4° les relatifs, ou opposés dont le rapport est réciproque, comme le *double*, la *moitié*. Chacun de ces modes d'opposition donne naissance à un τόπος (ch. VIII).

1° *Si un accident est à une chose, la négation de la chose est à la négation de l'accident.* Par exemple, si la vertu est désirable, tout ce qui n'est pas désirable n'est point la vertu. Remarquons que, dans ces sortes d'oppositions, le rapport est inverse. Le rapport direct serait faux. On ne peut pas dire que tout ce qui n'est pas la vertu ne soit pas désirable, car on désire aussi ce qui est agréable ou utile.

Bossuet s'est servi de ce τόπος, probablement sans s'en douter, dans l'oraison funèbre de la duchesse d'Orléans : « Voulez-vous savoir ce que c'est que l'homme ? Tout son devoir, tout son objet, toute sa nature, c'est de craindre Dieu : tout le reste est vain, je le déclare ; mais aussi tout le reste n'est pas l'homme ».

2° *Si un accident est à une chose, le contraire de cet accident est au contraire de la chose.* Nous avons déjà vu ce lieu : c'est celui que cite Alexandre d'Aphrodise à l'appui de sa définition des τόποι.

3° *Si la possession d'une chose a tel caractère, sa privation a le caractère contraire.* Iphigénie fait appel à ce principe dans les vers touchants où elle supplie son père de ne pas l'envoyer à la mort. « Il est si doux, dit-elle, de voir la lumière ! »

> Τὸ φῶς τόδ' ἀνθρώποισιν ἥδιστον βλέπειν
> Τὰ νέρθε δ' οὐδέν.... (*Iphig.* v. 1249.)

4° *Si un accident est à une chose, son relatif est au relatif de la chose.* Par exemple, si la grandeur de la création nous montre notre petitesse, sa petitesse, à son tour, atteste notre grandeur. C'est le raisonnement de Pascal : « Qu'est-ce que l'homme dans la nature? Un néant à l'égard de l'infini ; un tout à l'égard du néant : un milieu entre rien et tout. » (*Pensées.*)

10e *lieu.* — Le lieu qui suit est tiré de ce que les Grecs appelaient *les termes conjugués* et *les cas* (σύστοιχα, πτώσεις). Ces noms désignaient tous les mots d'une même série et dérivés les uns des autres, comme *sagesse, sage, sagement*, etc. Or, *quand un accident convient à un sujet, il convient aussi à tous les cas et à tous les conjugués de ce sujet* (ch. IX, § 1). Si la justice est bonne, il sera bon d'être juste.

Les anciens, qui aimaient à argumenter minutieusement sur toutes les matières philosophiques et morales, avaient très-souvent recours à ce principe. On le retrouve presque à chaque page dans les Dialogues de Platon.

11e *lieu.* — Il est tiré du rapport qui existe entre une chose et la cause qui la produit ou qui la détruit.

Si une chose est bonne, ce qui la produit est bon, et ce qui la détruit est mauvais. De même : *Si ce qui produit une chose est bon, la chose est bonne elle-même* (ch. IX, § 3). On sait que le roi Tullus justifie par ce moyen le fratricide d'Horace :

> Sa chaleur généreuse a produit son forfait :
> D'une cause si belle il faut souffrir l'effet.

12e *lieu.* — Suivent les lieux des raisonnements *a fortiori*. L'auteur en distingue quatre (ch. X, § 3) :

1° Lorsqu'un seul accident est attribué à un seul sujet : *Si le premier degré de l'accident convient au sujet, à plus forte raison le degré le plus élevé lui conviendra-t-il.* Si le plaisir est un bien, le plus grand plaisir est un bien plus grand encore. — Ce τόπος est rarement employé.

2° Lorsqu'un accident est attribué à deux sujets : *Si l'accident est au sujet qui l'admet le moins, il sera de préférence encore à celui qui l'admet le plus.* Ici les exemples ne manquent pas :

> Vous seul ne pourriez pas ce que peut le vulgaire !
>
> (Corn., *Cinna*.)
>
> Si mourir pour son prince est un illustre sort,
> Quand on meurt pour son Dieu, quelle sera la mort !
>
> (Id., *Polyeucte*.)

3° Lorsque deux accidents sont attribués au même sujet : *Si l'accident le moins probable est au sujet, le plus probable sera aussi à ce même sujet :*

> Je t'aimais inconstant : qu'aurais-je fait fidèle ? (Rac.)

4° Lorsque deux accidents sont appliqués à deux sujets : *Si l'accident le moins probable convient déjà au sujet qui l'admet le moins, l'accident le plus probable conviendra mieux encore au sujet qui l'admet le plus.* Ce τόπος est, comme on le voit, la réunion des deux précédents.

13° *lieu.* — C'est celui de la comparaison *a pari*. Il donne aussi naissance à trois τόποι différents, suivant qu'on a :

1° Un accident appliqué à deux sujets semblables. — S'il convient à l'un, il devra convenir à l'autre.

2° Deux accidents semblables appliqués au même sujet.

3° Deux accidents semblables appliqués à deux sujets semblables (ch. X, §§ 7, 8 et 9).

Ces principes sont si simples et si clairs que je n'ai pas besoin d'y insister davantage, ni de chercher des exemples pour en faire comprendre l'utilité. C'est sur eux, comme on sait, que reposent toutes les inductions.

14° *lieu.* — *Si une chose ajoutée à une autre donne à celle-ci un caractère qu'elle n'avait pas auparavant, c'est que la première a elle-même ce caractère.* Ainsi on peut dire qu'une chose est bonne quand, jointe à une autre, elle la rend meilleure (ch. XI, § 1). Ce lieu ne peut servir qu'à confirmer une thèse, et non à réfuter. Car de ce que la société d'un homme n'a pas corrigé des méchants, on ne peut pas conclure qu'il soit lui-même un méchant.

Du reste, dans les thèses affirmatives elles-mêmes, ce lieu n'offre pas toujours des garanties bien solides de probabilité. Il prête facilement au sophisme. Rousseau s'en est servi pour prouver que les lettres et les arts sont un élément de corruption, parce que des peuples, vertueux avant de les cultiver, ont perdu leur moralité après les avoir connus. Cet exemple fait voir le danger du principe d'Aristote. Les peuples ont pu se corrompre en cultivant les lettres, mais pour d'autres causes que parce qu'ils cultivaient les lettres.

Tels sont les principaux lieux de l'accident absolu. En abrégeant l'énumération d'Aristote, je l'ai rendue plus claire, et j'ai permis d'y reconnaître une sorte de plan. Il est facile de distinguer, en effet, que l'auteur tire d'abord ses τόποι de l'essence même du sujet ou de l'attribut de la question, par exemple, de leur définition, de leurs parties, de leur genre; puis de choses inhérentes à ce sujet et à cet attribut, comme de leurs antécédents et conséquents nécessaires ou de leurs conjugués et de leurs cas; enfin de rapprochements avec d'autres sujets et d'autres attributs semblables ou dissemblables, comme dans les lieux des contraires et des comparaisons. Ce plan n'est apparent que dans l'ensemble, mais il est apparent néanmoins, et je tiens à le faire remarquer ici : car nous en retrouverons la trace dans des écrivains postérieurs, particulièrement dans les Topiques de Cicéron. Quant aux détails, il y règne toujours une extrême confusion, surtout dans la première partie de l'énumération. Quelques lieux ne sont pas assez clairement expliqués ; plusieurs rentrent les uns dans les autres, ou ne sont séparés que par des distinctions très-subtiles ; enfin il en est qui ne peuvent servir qu'à la dispute des écoles. On comprend que j'ai dû parfois retrancher, parfois interpréter, parfois changer la forme. Mais je crois être toujours resté fidèle à la pensée du Stagirite.

Lieux des comparaisons.

Les questions de comparaisons sont celles où l'on veut prouver qu'une chose est préférable à une autre. Les principes qui servent à reconnaître cette supériorité sont les lieux communs des comparaisons. Ces sortes de lieux ne sont pas exposés par Aristote avec plus d'ordre que les précédents ; mais ils sont présentés dans des termes beaucoup plus clairs, et sont presque tous sous la forme de propositions. Je n'aurai, pour ainsi dire, qu'à les transcrire pour les faire connaître.

1er lieu. — Ce qui est plus durable vaut mieux que ce qui l'est moins (liv. III, ch. 1, § 3). Ainsi l'empire, suivant Cinna, vaut mieux que le consulat.

> Ces petits souverains qu'il fait pour une année,
> Voyant d'un temps si court leur puissance bornée,
> Des plus heureux desseins font avorter le fruit,
> De peur de le laisser à celui qui les suit....

2e lieu. — Une chose qu'on désire pour elle-même vaut mieux que celle qu'on désire pour une autre (ch. 1, § 6). Les amis valent mieux que la richesse. Car on ne recherche la richesse que pour le bien-être qu'elle procure, tandis qu'on recherche les amis pour eux-mêmes.

3e lieu. — Ce qui est la fin vaut mieux que ce qui sert seulement à l'atteindre (ch. 1, § 14). Il vaut mieux se bien porter que prendre des remèdes.

4e lieu. — De deux causes, la meilleure est celle qui produit les meilleurs effets (ch. 1, § 18).

5e lieu. — Une chose vaut mieux dans le moment où elle a le plus d'importance que dans un autre moment (ch. II, § 5). Ainsi la sagesse vaut mieux pour un vieillard que pour un jeune homme : on aime mieux au contraire trouver le courage chez un jeune homme que chez un vieillard.

6e lieu. — La chose qui, si tout le monde l'avait, nous dispenserait d'une certaine autre, vaut mieux que cette autre (ch. II, § 7). Par exemple, la justice vaut mieux que la bravoure ; car, si tous les peuples et si tous les hommes étaient justes, il n'y aurait point de luttes, et par conséquent la bravoure ne trouverait pas son emploi.

7e *lieu. — Il faut préférer aussi les choses dont la destruction est le plus à craindre, ou dont la production est le plus à désirer* (ch. II, § 8). Je n'insiste pas sur ce τόπος : c'est un cas particulier d'un de ceux que nous avons rencontrés dans le livre II.

8e *lieu. — De deux choses, celle qui est la plus semblable à une troisième préférable à toutes deux vaut mieux que l'autre* (ch. II, § 11). On pourrait dire, par exemple, que Térence est supérieur à Plaute parce qu'il ressemble davantage à Ménandre.

Mais ce lieu commun, comme le fait remarquer l'auteur lui-même, n'est pas toujours probable. Car un être peut ressembler à un autre par ses côtés mauvais ou ridicules, et alors cette ressemblance ne sera pas une cause de supériorité. Le singe ressemble plus à l'homme que le cheval : je doute pourtant qu'on le préfère sous aucun rapport à ce dernier.

9e *lieu. — Les choses plus difficiles sont préférables* (ch. II, § 14). « Car, dit Aristote, on a plus de plaisir à posséder ce qu'on acquiert plus difficilement. »

10e *lieu. — Les choses auxquelles nos amis peuvent avoir part valent mieux que celles auxquelles ils ne participent point* (ch. II, § 19).

11e *lieu. — Si, de deux choses, nous nions avoir l'une pour paraître avoir l'autre, celle dont nous recherchons l'apparence est préférable* (ch. II, § 24). Par exemple, il vaut mieux avoir du génie que de l'art et de la patience ; car nous voyons bien des auteurs laisser croire au public qu'ils ne travaillent pas leurs ouvrages, afin de passer pour des hommes supérieurs. C'est l'histoire d'Oronte et de son sonnet :

> Vous saurez
> Que je n'ai demeuré qu'un quart d'heure à le faire.

12e *lieu. — Si une chose est préférable à une autre, tous les cas et les conjugués de la première sont préférables à ceux de la seconde* (ch. III, § 5).

Voilà encore un τόπος qui rappelle un de ceux du second livre. Bien des lieux de l'accident absolu peuvent devenir ainsi des lieux des comparaisons : et les lieux des compasons à leur tour peuvent servir à l'accident absolu. Aristote en fait lui-même la remarque (liv. III, ch. IV) : « *Les lieux des comparaisons*, dit-il, sont utiles pour prouver qu'une chose est, absolument parlant, à désirer ou à fuir ; car il suffit de faire disparaître le caractère de supériorité donné à l'un des sujets. En effet, si une chose plus précieuse est plus désirable, une chose précieuse est désirable ; si une plus utile est préférable, l'utile est à rechercher. Et de même pour toutes les autres choses entre lesquelles on peut établir la comparaison. »

Importance des lieux de l'accident.

Quoique j'aie abrégé cette énumération, elle paraîtra peut-être encore trop longue : car une suite de propositions abstraites doit fatiguer l'esprit. Mais comment faire connaître autrement la méthode de l'auteur? Ce n'est que par des détails qu'on peut donner une idée exacte de cet inventaire si original des sources communes de nos raisonnements.

Je ne reproduirai pas cette analyse pour les livres suivants. Car les lieux communs de l'accident sont les seuls réellement importants pour nous. Outre qu'ils conviennent à la plupart des problèmes philosophiques, ils sont encore la base de toutes les argumentations oratoires. En effet, sur quoi roulent les discours ? Sur le blâme et l'éloge, sur l'utilité ou le danger d'une mesure à prendre, sur la justice ou l'injustice d'une action. Ce sont là autant de questions d'accident. Le résumé du second et du troisième livre des Topiques suffit donc pour juger la théorie d'Aristote.

La première chose qui doit nous frapper dans ce grand travail, c'est la prodigieuse faculté d'observation qu'il suppose. Quelle puissance d'analyse n'a-t-il pas fallu pour recueillir sous leurs mille formes diverses les principes qui déterminent nos jugements, et pour les ramener à un petit nombre de vérités générales ! Quand on songe aux difficultés de cette entreprise, on peut bien pardonner à Aristote la confusion de son livre. Il est aisé de dresser la liste des axiomes de la science, car ils sont en nombre limité, et tous de même nature. Mais dresser la liste des axiomes de la probabilité est une tout autre tâche. Car à combien de sources différentes ne faut-il pas les puiser? Tantôt c'est la raison pure qui nous guide dans nos raisonnements de chaque jour; tantôt c'est l'analogie. Tantôt nous consultons notre jugement, tantôt notre conscience, tantôt notre cœur. Aussi la topique d'Aristote nous présente-t-elle quelquefois, à côté de propositions sèches et abstraites, des réflexions morales, des observations curieuses sur nos penchants, comme celle-ci : « Les choses difficiles valent mieux que les autres ; car on jouit avec plus de plaisir de ce qu'on a acquis avec peine ». L'éthique est toujours chez lui à côté de la dialectique. Il scrute tous les replis de l'âme ; il surprend partout les mobiles de nos actions et de nos opinions, et tire de tout cela la formule de ses propositions générales.

Quelle différence entre les lieux communs ainsi conçus et ceux qu'ont enseignés plus tard les rhéteurs ! Ceux-ci n'ont fait que classer des preuves, et mettre sur chacune une étiquette. Ils ont dit : « Tel raisonnement roule sur la définition ; tel autre sur les contraires ; tel autre sur la comparaison ». Ils apprennent à ranger par ordre des preuves déjà faites ; mais ils n'apprennent pas à trouver les éléments qui les composent. Leurs observations sont curieuses et intéressantes peut-être pour le critique ; mais elles sont stériles pour le praticien, pour l'homme qui ne veut pas seulement savoir le nom des arguments qu'il emploie, mais connaître la matière dont il doit les former. A cet homme il faut des idées, non des mots ; il faut des faits dont il s'empare, un fonds où il puise : c'est ce que lui procure Aristote en résumant en quelques pages tous les axiomes du bon sens.

Qu'on ne dise pas que les lieux communs sont des principes d'une trop grande évidence ; que tout le monde les connaît ; que l'expérience et l'habitude doivent les suggérer à chacun au besoin, et que par conséquent on ne saurait tirer de profit d'un recueil de sentences aussi banales. Si cette objection était vraie, elle s'appliquerait à toutes les règles de l'art d'écrire et de raisonner, et non pas seulement aux τόποι. Les observations d'Horace et de Boileau sur la poésie, les règles des rhéteurs sur le style et sur les parties du discours ne sont-elles pas aussi évidentes que les lieux d'Aristote ? La réflexion ne les suggérerait-elle pas aussi à l'écrivain? Cependant dira-t-on pour cela qu'elles sont inutiles? Non sans doute. Chacun les trouverait peut-être une à une après bien des recherches et bien des expériences : réunies en un corps de doctrine, on les trouve plus sûrement et avec moins de peine. Il en est de même des τόποι. « Quel est l'homme, dit Marmontel dans sa Logique, quelque talent que la nature lui ait accordé, qui, par la force de sa conception, soit sûr d'avoir présents à tout propos tous les moyens de preuve et de conviction dont une cause est susceptible? Peut-être, si, dans le silence et le recueillement, il la médite et la pénètre, puisera-t-il dans cette source, selon la méthode d'Antoine l'orateur, une riche abondance de sentiments et de pensées. Mais ce temps, ce loisir, cette méditation solitaire, est-on sûr de l'avoir? L'a-t-on dans la chaleur d'une controverse animée, dans les débats imprévus et soudains de la tribune ou des conseils? *Medium in agmen, in pulverem, in clamorem, in castra atque aciem forensem?* (1) »

Qu'on ne croie pas non plus que la théorie des lieux communs soit une entrave pour le talent, comme le préjugé l'a fait souvent répéter; qu'on ne s'imagine pas que, comme d'étroites lisières, elle gêne les libres mouvements du dialecticien et de l'orateur. Ce sont les procédés imparfaits de l'empirisme qui ont cet inconvénient, et qui condamnent à une servilité stérile ceux qui les emploient. Mais, nous l'avons déjà dit, la topique n'est pas un procédé de ce genre : elle est une méthode. Et comment une méthode pourrait-elle gêner le talent? C'est elle qui le guide au contraire. Descartes a dit que la plupart des hommes ne différaient pas entre eux par l'esprit, mais par la manière de l'appliquer. Ce qui entrave la plupart de nos efforts, ce qui paralyse nos conceptions, c'est que nous travaillons sans guide. Si nous suivions toujours une route bien tracée, nous avancerions sûrement, et nous ne manquerions pas le but. Eh bien! Aristote nous marque cette route dans la science de l'argumentation. Il nous a appris que nous raisonnions d'après des principes arrêtés, ce qui est incontestable; et que, si nous

(1) Marmontel, *Logiq.*, leçon onzième.

connaissions tous ces principes, nous aurions les moyens de convaincre les hommes sur quelque sujet que ce fût ; ce qui est incontestable encore. Il s'est mis ensuite sous nos yeux à la recherche de ces vérités premières, de ces τόποι ; et, par son exemple, il nous a montré comment on les découvre. N'est-ce pas là une méthode ? Or c'est bien le fond de sa doctrine, la partie impérissable de son œuvre. Nous pouvons, si nous voulons, ne pas nous servir de ses lieux ; qu'importe ? Cerchons-en d'autres si nous en préférons d'autres. Mais c'est toujours en suivant ses pas que nous les trouverons. Chacun peut compléter à son gré la topique d'Aristote, l'abréger, la refaire même. Car Aristote n'a pas eu la prétention d'énumérer tous les principes du raisonnement ; il a dû en omettre, il l'avoue (1). Mais s'il n'a pas achevé son immense travail, qui était peut-être au dessus des forces d'un homme, il nous a laissé son secret pour l'achever nous-mêmes selon nos goûts et nos besoins ; et c'est là, ce me semble, le plus important service qu'il nous ait rendu.

Si l'on veut se convaincre encore des avantages de la topique, qu'on examine comment chaque dialecticien, comment chaque orateur procède en particulier pour inventer ses preuves et ses moyens. On peut dire que presque tous se font à eux-mêmes une sorte de topique. Presque tous, par l'effet naturel d'une longue pratique et d'une grande expérience, ont remarqué certains principes, ont découvert certaines vérités générales, auxquelles ils font appel plus volontiers, et qui reparaissent fréquemment au fond de leurs raisonnements. Dans les Dialogues de Platon, il n'est peut-être pas une seule discussion de Socrate où l'on ne trouve l'emploi des lieux des contraires et des conjugués, qui semblent s'être présentés à l'esprit de l'auteur tout naturellement et comme par habitude. Demosthène a aussi une prédilection marquée pour quelques axiomes politiques plus propres que d'autres à réveiller les Athéniens de leur assoupissement : c'est ainsi qu'il leur rappelle à chaque instant que la mollesse d'un peuple sert les projets de ses ennemis. Chez nous encore, combien de

(1) Top., liv. VII, ch. V, § 18. « Nous avons, dit-il, énuméré *à peu près* tous les lieux de chaque question »

raisonnements Bossuet n'a-t-il pas appuyés sur le contraste de la vanité du monde et de la grandeur de Dieu et de son Eglise! Qu'est-ce que tout cela, sinon des espèces de répertoires d'idées et de ressources pratiques que chacun de ces grands hommes s'est instinctivement composés? Mais aucun d'eux a-t-il pu trouver, même après la plus longue expérience, des moyens d'invention qui approchassent de ceux que renferme l'arsenal dialectique du Stagirite? Aucun d'eux a-t-il fait cette étude du cœur humain, cette analyse détaillée des principes de nos jugements? Ont-ils même soupçonné qu'on pût réduire à une méthode générale le résultat de leurs observations? C'est pourtant ce que fait la topique. Elle résume au profit de tous les études partielles que chacun entreprend pour soi; elle compose un système de ce qui n'était qu'une suite de tâtonnements et d'essais.

En un mot, les lieux communs ont la même utilité que toute bonne théorie didactique : c'est de suppléer par une doctrine à l'expérience incomplète de chacun. Mais, si, comme personne ne le conteste, l'invention est ce qu'il y a de plus difficile dans l'art d'écrire et de raisonner, personne ne contestera non plus que la topique ne doive, par l'importance des recherches et des résultats, occuper une place très-élevée parmi les travaux qui concourent à l'œuvre complexe de notre instruction.

CHAPITRE V.

DES CINQ DERNIERS LIVRES DES TOPIQUES.

Lieux du genre et du propre.

Les problèmes du genre et du propre ne se traitent presque jamais seuls : « Ce sont là, dit Aristote, des choses qu'examinent rarement ceux qui discutent (1) » : par conséquent, les lieux qui servent à les résoudre sont beaucoup moins importants que les précédents. Le principal rôle du genre et du propre est de préparer le dialecticien aux questions de définition. En effet, la définition est elle-même un propre, de sorte que les lieux qui établissent et réfutent ce dernier peuvent aussi la réfuter et l'établir ; en outre toute définition se compose du genre et de la différence spécifique, et ce sont les lieux du genre qui servent à prouver si ces deux attributions ont été bien ou mal données.

Les axiomes des questions de genre et de propre sont en grand nombre : ils remplissent tout le quatrième et le cinquième livre des Topiques. On peut les diviser en deux espèces. Les uns sont des principes spéciaux qui ne s'appliquent qu'aux problèmes du propre et du genre ; comme ceux-ci :

Si un genre n'est pas de la même catégorie que l'espèce à laquelle on l'attribue, ce genre est mal donné. Ainsi une qualité ne peut pas être le genre d'une substance : on ne dira pas que la blancheur est le genre de la neige (liv. IV, ch. I, § 5).

L'excès d'une qualité ne peut être donné comme propre (liv. V,

(1) Top., liv. IV, ch I, § 1.

ch. IX, § 3). Il ne serait pas vrai, par exemple, de soutenir que le propre de l'hydrogène est d'être le corps le plus léger. Car, si l'hydrogène n'existait pas, il y aurait toujours un corps plus léger que les autres. Ce prétendu propre pourrait donc être à une autre chose que celle à laquelle on l'attribue : par conséquent ce n'est pas un propre.

Les autres lieux sont des cas particuliers de propositions plus générales que nous avons rencontrées déjà dans le chapitre précédent. Par exemple :

Si une chose est le genre d'une autre, les conjugués de la première seront les genres des conjugués correspondants de la seconde (liv. IV, ch. IV, § 4).

Si une chose est le propre d'une autre, son contraire sera le propre du contraire de cette autre (liv. V, ch. VI, § 2).

Il est facile de reconnaître que ce ne sont là que des applications d'un principe supérieur qui pourrait être exprimé sous une forme unique pour tous les problèmes.

Lieux de la définition

La question de définition occupe, après celle de l'accident, la place la plus considérable dans les Topiques. Le sixième et le septième livre lui sont consacrés. On sait, en effet, quelle importance l'école péripatéticienne attachait à la définition. Aristote et Théophraste ont composé les leurs avec la plus scrupuleuse attention, et elles sont encore citées aujourd'hui comme des modèles d'exactitude. Plus tard on s'est beaucoup relâché de ce premier zèle ; et je pense qu'on n'a pas eu tout-à-fait tort. Les définitions sont, je l'avoue, des éléments essentiels dans les sciences exactes, puisqu'elles servent de principes à la démonstration, comme on peut le voir par l'arithmétique et la géométrie. Mais sont-elles aussi indispensables dans la dialectique? Ne peut-on pas discuter sur la justice, par exemple, sans l'avoir préalablement définie *per genus et differentiam*, comme on définit le cercle et la ligne droite? Il me semble que, sur ce point, le Stagirite et ses disciples ont voulu assimiler trop complètement le raisonnement probable à la déduction scientifique. Théophraste définit chacun de ses caractères avant de le peindre ; Aristote définit de même toutes les passions et toutes les mœurs dans le second livre de la Rhétorique. Croit-on que ces définitions, si travaillées et si savantes, contribuent beaucoup par elles-mêmes au développement de la théorie à laquelle elles servent de préambule ? A ne juger que le résultat, valent-elles en définitive la peine qu'elles ont coûtée ?

La définition est très-difficile à établir et très-facile à réfuter. C'est Aristote lui-même qui le dit (1) ; et je ne sais s'il en est beaucoup, même des siennes, qui résisteraient à l'épreuve de ses τόποι, tant leur nombre est formidable ! En effet, la définition peut être vicieuse pour cinq motifs :

Ou elle ne convient pas à tout le défini ;

Ou elle ne donne pas exactement le genre et la différence ;

Ou elle ne s'applique pas au défini seul ;

Ou elle n'en indique pas l'essence ;

Ou elle est irrégulière pour la forme.

Le premier de ces défauts peut être attaqué par tous les lieux de l'accident ; le second, par tous ceux du genre ; le troisième, par tous ceux du propre. Les deux derniers donnent naissance à une topique particulière, qui comprend encore une soixantaine de lieux communs. Il n'y a, au contraire, qu'un petit nombre de τόποι pour défendre la définition. L'auteur les passe rapidement en revue dans un seul chapitre (liv. VII, ch. III). La plupart se rattachent à des principes que nous connaissons déjà : ils sont tirés des contraires, des cas, des similitudes. En voici un :

Si le contraire de la définition cherchée convient au contraire du défini, la définition conviendra au défini.

Ce sont de bien faibles remparts contre tant de moyens d'attaque !

Les conditions sévères imposées à la définition la rendent donc parfois presque impossible :

Rara avis in terris, nigroque simillima cycno !

Aussi Platon, dans ses Dialogues, choisit-il de préférence

(1) Top., liv. VII, ch. V, § 14.

la question de définition pour mettre à nu l'impuissance des sophistes. On se rappelle les vains efforts de Protagoras pour définir la vertu, d'Hippias pour définir le beau, et la malicieuse prudence de Socrate, qui, sachant la difficulté de l'entreprise, se contente de combattre les solutions qu'on lui présente, sans jamais hasarder la sienne.

Défauts des derniers livres des Topiques.

Les quatre livres dont nous venons de parler sont la partie faible des Topiques d'Aristote.

Ils ont deux défauts : d'abord, ils traitent, comme nous venons de le dire, de questions qui n'offrent qu'un intérêt secondaire, et qui, même dans les écoles de la Grèce, ne devaient pas être souvent discutées, soit à cause de leur caractère trop spécial, soit à cause de leur difficulté. Ensuite, ils ont l'inconvénient de faire tomber l'auteur dans des redites fréquentes, puisqu'une grande partie des lieux du genre, du propre et de la définition peuvent se rattacher à ceux de l'accident, et n'en diffèrent que par la forme, non par le principe. En général, on peut dire qu'il y a trop de disproportion entre la place qu'occupent ces lieux dans l'ouvrage, et le rôle qu'ils sont appelés à jouer en réalité. Si on tenait à ne pas les passer sous silence, il valait mieux alors, ce me semble, ne les présenter que comme des appendices des τόποι de l'accident. On eût évité ainsi de reproduire périodiquement les axiomes qui servent dans toute espèce de matières, et qu'il suffit d'exprimer une fois. On aurait pu présenter les lieux du premier problème sous la forme la plus générale, et ajouter ensuite comme complément ceux qui sont spécialement destinés aux problèmes suivants. De la sorte, on aurait toujours respecté la division de la dialectique en ses quatre parties ; mais du moins on aurait évité des longueurs. Car il importe avant tout de ne pas retenir le lecteur sur des questions secondaires aussi long-temps que sur la question principale.

Ce défaut s'explique par la prédilection d'Aristote pour la définition. Mais ce n'en est pas moins un défaut, et je suis tenté de croire que c'est une des raisons qui ont fait abandonner son ouvrage de bonne heure.

Huitième livre des Topiques : théorie de la dispute.

Après l'exposition des lieux communs, la topique parait terminée pour nous; mais elle ne l'est pas pour Aristote. Nous avons dit au commencement de cette thèse que c'est surtout aux discussions que devait servir sa théorie. Il travaillait pour l'école, où le principal mode d'enseignement était la dispute. Le maître disputait avec les disciples; les disciples disputaient entre eux : ainsi s'apprenait la philosophie. Il ne suffisait donc pas, dans un traité de dialectique, d'enseigner les lieux : il fallait apprendre à diriger une discussion ; il fallait tracer l'ordre et les règles de la dispute. Tel est l'objet du huitième livre.

On s'était occupé déjà de cette matière avant Aristote. Zénon d'Elée fut, dit-on, l'inventeur de la méthode dialectique. Après lui, les sophistes la perfectionnèrent. Les Gorgias et les Prodicus pratiquaient un art de la discussion en même temps qu'un art de la rhétorique, et ils en donnaient des leçons. Mais Aristote prétend qu'ils n'avaient accompli que la moitié de leur tâche : ils apprenaient à interroger, mais ils n'apprenaient pas à répondre. Plus tard Platon composa d'admirables modèles d'entretiens dialectiques. Il y a mis en pratique toutes les règles de la topique. Les connaissait-il? En avait-il fait une théorie? Ce n'est pas probable; car il n'a formulé cette théorie nulle part. C'est son disciple Aristote qui s'est chargé de ce soin. Le huitième livre des Topiques réduit en système tous les procédés de l'immortel auteur des Dialogues.

En voici un court aperçu. Deux interlocuteurs sont en présence, l'interrogeant (ὁ ἐρωτῶν) et le répondant (ὁ ἀποκρινόμενος). Ce dernier pose une thèse. L'interrogeant doit la combattre, et chercher à établir la thèse contraire. Pour y parvenir, il adresse des questions à son adversaire, et se fait accorder successivement tous les éléments de sa preuve. Le répondant se défend de son côté, et repousse, autant qu'il peut, tout ce qu'on veut lui faire admettre.

Les préceptes d'Aristote se divisent en trois parties. Il donne les règles de l'interrogation, celles de la réponse, et termine par des conseils utiles aux deux interlocuteurs.

Le but de l'interrogeant est d'établir les propositions indispensables à son syllogisme ou à son induction. S'il les demandait de suite, il est probable, à moins qu'elles ne fussent évidentes, que le répondant refuserait de les accepter, et rendrait ainsi la conclusion impossible. Il faut donc procéder avec adresse pour les obtenir. En conséquence, l'interrogeant avancera d'abord d'autres propositions moins nécessaires, qui serviront à dissimuler sa conclusion et à masquer sa manœuvre; puis il en présentera de plus essentielles, qui le conduiront, de conséquence en conséquence, jusqu'aux principes dont il a absolument besoin. Il évitera aussi de conclure trop tôt; il présentera toutes ses conclusions à la fois, lorsque les concessions principales auront été faites, et qu'il ne sera plus possible à l'adversaire de se dédire. Enfin il devra chercher quelques moyens d'orner et de varier ses discours : il aura recours à des exemples familiers; il fera un fréquent usage des comparaisons, afin de mettre en relief les idées les plus importantes (liv. VIII, ch. I, II, III).

Voilà pour l'interrogeant. Quant au répondant, son rôle est plus ingrat. Il est sans cesse menacé dans son amour-propre, puisqu'on veut le forcer à se contredire, et il a rarement l'occasion de montrer son esprit. Dans Platon, les sophistes cherchent toujours à interroger; ils ne consentent à répondre que par complaisance, et pour quelques instants; ils en reviennent toujours à ces longs et beaux discours dont se moque si finement leur adversaire. Les sophistes devaient, en effet, regarder le répondant comme un personnage sacrifié, car leur méthode d'interrogation n'était qu'une suite de piéges et d'équivoques. C'est sans doute pour cela qu'ils ne s'étaient pas occupés, dans leurs leçons, de tracer un plan pour la réponse. Mais Aristote fait une dialectique sérieuse; sa discussion est toujours un combat, mais un combat loyal; il ne donne pas à l'un de ses deux gladiateurs une épée sans pointe, et à l'autre un glaive aiguisé; il s'occupe avec autant de soin de la défense que de l'attaque.

D'abord, si la thèse du répondant est de lui, il doit la soutenir avec ses propres idées; si elle est d'un autre, si c'est, par exemple, une opinion de quelque philosophe célèbre, il doit se mettre à la place de celui auquel il l'a empruntée, et raisonner comme ce dernier eût raisonné lui-même (ch. V et VI).

Si les questions de l'interrogeant sont obscures, qu'on en demande l'explication. Qu'on distingue les homonymies quand il s'en rencontre. Du reste qu'on ne refuse pas les concessions justes que réclame l'interlocuteur; qu'on ne nie pas systématiquement tout ce qu'il avance : autrement on paraîtrait chicaner, et non discuter loyalement. Enfin, avant de poser une thèse, il faut se faire à soi-même toutes les objections possibles, et la rejeter si elle est improbable, ou, ce qui est plus grave encore, si elle paraît immorale (ch. VII, VIII, IX).

Le caractère d'honnêteté qu'offrent ces dernières règles se retrouve encore dans la troisième partie du livre, où l'auteur donne des conseils communs aux deux interlocuteurs. Entre autres recommandations, il invite le dialecticien à ne pas se commettre avec toutes sortes d'adversaires, et surtout avec les ignorants. « Il est des gens, dit-il, avec lesquels on ne peut faire que de mauvais raisonnements », parce qu'ils en font eux-mêmes, et qu'on est toujours tenté de les combattre à l'aide leurs propres armes. « Contre un adversaire qui essaie de tous les moyens pour échapper, il est juste aussi d'employer tous les moyens pour établir le syllogisme ; mais ce n'est pourtant pas un procédé convenable. Voilà pourquoi il ne faut pas discuter avec le premier venu (1). » Il me semble que de pareils passages sont une preuve incontestable de la droiture des intentions d'Aristote : ils suffiraient pour réfuter ceux qui ont prétendu qu'il avait quelquefois préparé des ressources aux sophistes aussi bien qu'aux dialecticiens sincères.

Application des règles de la topique à un passage de Platon.

Les ouvrages de Platon pourraient servir de commentaire

(1) Top., liv. VIII, ch. XIV, § 10.

perpétuel aux théories d'Aristote, et surtout à celle du huitième livre. Dans la courte analyse que nous venons de faire, chaque trait ne rappelle-t-il pas le Socrate des Dialogues? Qui sait mieux que lui dissimuler sa marche et son but, trouver ces exemples familiers qui égaient la discussion, multiplier les comparaisons pour mettre en lumière le point important qu'il veut se faire accorder, enfin présenter à la fois toutes ses conclusions, et en écraser son adversaire? L'application des τόποι n'est pas moins originale dans ces admirables écrits, quoiqu'elle soit moins apparente que l'ordre et le plan de la dispute. On pourrait retrouver chez le maître tous les axiomes de dialectique énumérés par le disciple.

Les exemples ne me manqueraient pas pour le faire voir. Je n'en citerai qu'un. Il est tiré du Gorgias.

Polus a soutenu qu'il valait mieux commettre des injustices que d'en souffrir. Socrate entreprend de lui prouver le contraire. C'est, comme on le voit, une question de comparaison. Socrate est l'interrogeant, et Polus le répondant.

POLUS.

Aimerais-tu mieux qu'on te fît injustice que de faire injustice à autrui (1)?

SOCRATE.

Oui, et toi aussi, et tout le monde.

POLUS.

Il s'en faut bien : ni toi, ni moi, ni qui que ce soit, n'est dans cette disposition.

SOCRATE.

Eh bien, répondras-tu?

(1) J'emprunte l'excellente traduction de M. Cousin. — Voyez t. III, p. 262 et suiv.

POLUS.

J'y consens, car je suis extrêmement curieux de savoir ce que tu diras.

SOCRATE.

Afin de l'apprendre, réponds-moi, Polus, comme si je commençais pour la première fois à t'interroger.

Voici le plan de Socrate. Il montrera qu'il est plus laid de commettre une injustice que de la recevoir, et que, si c'est plus laid, c'est par cela même plus mauvais; car le beau et le bon ne font qu'un; puis il formera son syllogisme en prenant pour principe ce lieu des comparaisons : il faut préférer les choses moins laides et moins mauvaises à celles qui le sont davantage. *Il dissimule avec soin cette marche, comme doit le faire tout dialecticien habile. Il va s'assurer d'abord de ce que Polus pense du beau et du bon relativement au juste et à l'injuste.*

SOCRATE.

Quel est le plus grand mal, à ton avis, de faire une injustice ou de la recevoir?

POLUS.

De la recevoir, selon moi.

SOCRATE.

Et quel est le plus laid, de faire une injustice ou de la recevoir? — Réponds.

POLUS.

De la faire.

SOCRATE.

Si cela est plus laid, c'est donc aussi un plus grand mal?

POLUS.

Point du tout.

SOCRATE.

J'entends. Tu ne crois pas, à ce qu'il paraît, que le beau et le bon, le mauvais et le honteux soient la même chose.

POLUS.

Non, certes.

Il faut donc que Socrate prouve l'identité du beau et du bon. Il le fait par la distinction des sens divers du mot beau. *Car beau est homonyme; il s'applique au bon, à l'agréable, ou à tous les deux réunis.*

SOCRATE.

Et que dis-tu à ceci? Toutes les belles choses en fait de corps, de couleurs, de figures, de sons, de genres de vie, les appelles-tu belles sans aucun motif? Et, pour commencer par les beaux corps, quand tu dis qu'ils sont beaux, n'est-ce point ou par rapport à leur usage, à cause de l'utilité qu'on en peut tirer, ou en vue d'un certain plaisir, parce que leur aspect fait naître un sentiment de joie dans l'âme de ceux qui les regardent? Est-il hors de là quelque autre raison qui te fasse dire qu'un corps est beau?

POLUS.

Je n'en connais point.

L'interrogeant multiplie les exemples pour faire mieux comprendre cette homonymie, et pour empêcher qu'on puisse se dédire.

SOCRATE.

N'appelles-tu pas belles de même toutes les autres choses, soit figures, soit couleurs, pour le plaisir ou l'utilité qui en revient, ou pour l'un et l'autre à la fois?

POLUS.

Oui.

SOCRATE.

N'en est-il pas ainsi des sons et de tout ce appartient à la musique ?

POLUS.

Oui.

SOCRATE.

Pareillement, ce qui est beau en fait de lois et de genres de vie ne l'est pas sans doute pour une autre raison que parce qu'il est ou utile ou agréable, ou l'un et l'autre.

POLUS.

Apparemment.

SOCRATE.

N'en est-il point de même de la beauté des sciences?

POLUS.

Sans contredit ; et c'est bien définir le beau, Socrate, que de le définir comme tu fais, ce qui est bon ou agréable.

Application du lieu des contraires.

SOCRATE.

Le laid est donc bien défini par les deux contraires, le douloureux et le mauvais?

POLUS.

Nécessairement.

Application d'un lieu des comparaisons tiré de l'homonymie de l'attribut comparé. (Top., liv. III, ch. III, § 18.)

SOCRATE.

De deux belles choses, si l'une est plus belle que l'autre,

n'est-ce point parce qu'elle la surpasse ou en agrément, ou en utilité, ou dans tous les deux ?

POLUS.

Sans doute.

Nouvelle application du lieu des contraires.

SOCRATE.

Et de deux choses laides, si l'une est plus laide que l'autre, ce sera parce qu'elle cause ou plus de douleur, ou plus de mal, ou l'un et l'autre? N'est-ce pas une nécessité?

POLUS.

Oui.

Rappel des deux premières propositions concédées en commençant.

SOCRATE.

Voyons à présent. Que disions-nous tout à l'heure touchant l'injustice faite ou reçue? Ne disais-tu pas qu'il est plus mauvais de la souffrir, et plus laid de la commettre?

POLUS.

Cela est vrai.

Conclusion déduite des lieux précédents.

SOCRATE.

Si donc il est plus laid de faire une injustice que de la recevoir, c'est ou parce que cela est plus fâcheux et plus douloureux, ou parce que c'est un plus grand mal, ou l'un et l'autre à la fois. N'est-ce pas là encore une nécessité?

POLUS.

J'en conviens.

Il est facile maintenant pour l'interrogeant de faire voir que l'homonyme laid *appliqué à l'injustice ne peut avoir que le sens de* mauvais. *C'est là la proposition indispensable, de laquelle dépend tout le raisonnement : on voit avec quel art il l'a préparée.*

SOCRATE.

Examinons, en premier lieu, s'il est plus douloureux de commettre une injustice que de la souffrir, et si ceux qui la font ressentent plus de douleur que ceux qui la reçoivent.

POLUS.

Nullement, Socrate.

SOCRATE.

L'action de commettre une injustice ne l'emporte donc pas du côté de la douleur ?

POLUS.

Non.

SOCRATE.

Cela étant, elle ne l'emporte pas, par conséquent, pour la douleur et le mal tout à la fois ?

POLUS.

Il n'y a pas d'apparence.

SOCRATE.

Il reste donc qu'elle l'emporte par l'autre endroit ?

POLUS.

Oui.

SOCRATE.

Par l'endroit du mal, n'est-ce pas ?

celles qui le sont pour des motifs étrangers, etc. (1). » Qui ne reconnaît là nos axiomes de l'accident comparé? C'est presque une traduction des phrases grecques. Mais il y a une confusion singulière dans ce passage. Cicéron fait un lieu de ce qui est un genre de question : ou plutôt il mêle les deux choses. En effet, il y a des propositions qui affirment ou nient qu'une chose existe, parce qu'une autre chose semblable, soit plus grande, soit égale, existe aussi ou n'existe pas. Ce sont là, à proprement parler, les lieux tirés de la comparaison. Il y a d'autres propositions qui décident qu'une chose est préférable à une autre, parce qu'elle est plus belle, plus durable, ou pour quelque autre motif : ce sont les lieux du problème des comparaisons. L'orateur latin a fait de tout cela un bizarre amalgame. Au chapitre IV, il paraît n'avoir en vue que les premiers de ces lieux, et ne donne d'exemples que de ceux-là ; au chapitre XVIII, qui devrait être, d'après le plan de son ouvrage, le développement du chapitre IV, il n'en parle plus, et donne la série des seconds telle que je viens de la citer. Il y a partout des réminiscences d'Aristote ; mais on voit qu'elles arrivent bien pêle-mêle, et qu'elles sont singulièrement défigurées.

A l'énumération des lieux, on a pu remarquer déjà qu'il se joint un essai de classification. Tantôt c'est l'œuvre de l'auteur, tantôt c'est un souvenir des travaux de l'école péripatéticienne. Ce qui appartient avant tout à Cicéron c'est l'introduction dans la topique des preuves ἄτεχνοι, ou lieux communs extrinsèques de la rhétorique. Je n'ai pas besoin de faire remarquer combien cette innovation est malheureuse. Quelque définition qu'on donne des lieux, qu'on les considère comme des propositions ou comme des différences, il est évident que les dépositions des témoins et les tortures ne peuvent y rentrer à aucun titre. On n'a pas tardé à s'apercevoir de cette erreur dans l'antiquité ; car elle n'est déjà plus dans Quintilien. Si on y est revenu plus tard, c'est qu'on a copié littéralement Cicéron sans chercher à pénétrer le sens de sa doctrine, dont on ne fait plus assez de cas depuis longtemps pour l'étudier sérieusement.

(1) *Top.*, c. XVIII.

Je ne sais s'il faut attribuer à Cicéron ou aux péripatéticiens la division des lieux communs intrinsèques en lieux tirés du *sujet tout entier*, ou de ses *parties*, ou de l'*étymologie du mot*, ou de *tout ce qui a de l'affinité avec le sujet*. Cette division est, en tous cas, bien imparfaite; car les trois premiers membres ne comprennent chacun qu'un seul lieu, tandis que le quatrième en comprend neuf ou dix. Mais ce qui appartient certainement aux péripatéticiens, c'est l'esquisse donnée par l'orateur du classement des τόποι de l'accident comparé : il les divise en quatre séries, suivant qu'on considère dans les choses leur *nombre*, leur *espèce*, leur *puissance*, ou leurs *rapports* avec d'autres objets (1). Cette partie de sa théorie n'est, on l'a vu, qu'un résumé mutilé du troisième livre d'Aristote, rattaché très-maladroitement au sujet principal. Une pareille ébauche ne suppose pas, de la part de son auteur, ce travail patient qu'exige une classification philosophique. J'y vois plutôt la trace à demi effacée des laborieux efforts des disciples d'Aristote pour mettre de l'ordre dans les préceptes de leur maître. A ce titre, l'indication de Cicéron est précieuse. Le nombre, l'espèce, la puissance, les rapports, seraient les *différences* des axiomes du troisième livre, comme la définition, les contraires et ce qui suit sont celles des τόποι du second.

Division des problèmes dans Cicéron.

Aristote avait commencé son ouvrage par la classification des questions que le dialecticien a à traiter. C'est par là, au contraire, que Cicéron termine. Il consacre ses cinq derniers chapitres à une division savante de tous les sujets de raisonnements, afin qu'on sache quels lieux conviennent à chacun. Cette division n'a pas le moindre rapport avec celle du Stagirite. C'est une doctrine étrangère qu'il introduit ici dans la topique : elle paraît être faite surtout en vue de l'éloquence. On va en juger.

Il y a deux genres de questions : les unes, déterminées et

(1) *Top.*, c XVIII.

spéciales, qu'on appelle *causes;* les autres, générales et indéterminées, qu'on appelle *thèses*.

Les thèses sont ou théoriques, ou pratiques.

Les thèses, ou questions théoriques, comprennent trois espèces : la question conjecturale, ou relative à l'existence des choses ; la question de définition, relative à leur nature ; la question de qualité, relative à leurs diverses propriétés ou caractères.

La question de conjecture se présente elle-même sous quatre formes ; car on peut se demander : 1° Si une chose existe. — Par exemple : Y a-t-il un Dieu ? 2° Quelle est son origine. — Par exemple : La vertu est-elle un don de la nature, ou un effet de l'instruction ? 3° Quelle est sa cause. — Par exemple : Par quels moyens acquiert-on l'éloquence ? 4° Quelles modifications elle peut subir. — Par exemple : La justice change-t-elle suivant les temps et les climats (1) ?

Je m'arrête à cette dernière subdivision. On peut voir déjà que Cicéron s'écarte beaucoup de la topique. Ses questions ne sont pas des questions dialectiques, et ne peuvent être traitées par des lieux communs. Ces derniers n'ont pas pour but de nous faire découvrir l'origine ou la cause des faits. Ce sont les arts ou les sciences particulières qui se proposent cet objet. Si l'on demande, par exemple : Quelle est l'origine du droit ? c'est à la jurisprudence qu'il faudra s'adresser. Si on veut savoir la cause des marées, on consultera les mathématiciens. Il est évident que la dialectique ne peut pas démontrer tout cela : autrement elle serait la science universelle : or jamais elle n'a eu cette prétention. La dialectique, nous l'avons souvent répété, n'est point une science ayant sa matière et ses sujets déterminés : elle n'est qu'une méthode ; elle n'invente rien : elle se borne à l'art de soutenir ou de combattre les idées qu'on lui présente, de quelque part qu'elles viennent.

Les deux autres questions théoriques, celles qui ont rapport à la définition et à la qualité, sont aussi déplacées ici que la précédente. L'une a pour but de chercher quelle est

(1) *Top.*, c. XXI.

l'essence des ch ses ; l'autre, quelles sont leurs propriétés et leurs caractères (1). On pourrait croire, au premier abord, qu'elles se confondent avec les questions de définition, de propre et d'accident que nous connaissons. Mais qu'on se rappelle bien ici, comme plus haut, que la dialectique n'enseigne pas à trouver les définitions ou les propres, mais à les discuter quand ils sont trouvés. Aristote n'a pas oublié de faire cette distinction. Pour apprendre à définir, il renvoie à ses Derniers Analytiques (2). C'est là, en effet, qu'il traite scientifiquement et des éléments de la définition, et des moyens de les découvrir. La dialectique, je l'avoue, peut bien souvent aider le penseur à inventer. L'auteur des Topiques lui reconnait le mérite d'être *investigatrice de sa nature*, et de nous mettre sur la voie des solutions scientifiques. Mais c'est par occasion qu'elle nous rend ces services, et ce n'est pas là son objet direct.

Cicéron, dans sa classification, a donc confondu les problèmes de la science avec les questions dialectiques. Sa division, bonne en elle-même peut-être, ne répond pas au titre de son ouvrage. Il serait intéressant de savoir où il l'a puisée. Elle n'est pas de lui, car il y cite plusieurs fois les Grecs, et rapporte les mots par lesquels ils ont désigné les mêmes questions avant lui. Je serais assez disposé à croire qu'il a pris toute cette doctrine aux stoïciens. Elle ne vient pas du Lycée, puisqu'elle ne concorde en rien avec la théorie aristotélique. Or, après les péripatéticiens, ce sont les philosophes du Portique qui ont poussé le plus loin l'étude de la logique. Comme nous savons d'ailleurs qu'ils négligèrent les lieux communs, il serait tout naturel que leur division des questions se fût écartée de la topique. Ajoutons que ce n'est pas le seul emprunt que Cicéron aurait fait aux stoïciens. Ses chapitres XIII et XIV sont la reproduction d'une de leurs théories les plus connues, celle des modes du syllogisme hypothétique.

(1) *Top.*, c. XXII.

(2) « C'est à un autre traité que celui-ci d'exposer avec toute exactitude et ce qu'est la définition, et comment on la compose. » (Top., liv. VII, ch. III, § 2.)

Malgré toutes les erreurs qu'il renferme, le livre de Cicéron eut plus de succès que celui d'Aristote. Il est court, facile à lire, assez intéressant pour la matière : on n'en a pas voulu d'autre après son apparition ; personne n'a été tenté de le comparer avec le traité grec. Il ne pouvait rien arriver de plus fâcheux à la doctrine des lieux communs. Car les fautes de l'auteur furent mises sur le compte du sujet lui-même, et détournèrent de cette étude beaucoup d'esprits.

L'opinion publique, une fois égarée et prévenue, revient difficilement à la vérité. D'ailleurs la réputation imposante de Cicéron ne permit pas, dans l'antiquité, de repousser ses théories. Les péripatéticiens les plus purs, comme Boëce, firent fléchir la doctrine d'Aristote pour la mettre en harmonie avec celle de son imitateur. On n'osait dire que le grand orateur s'était trompé ; de sorte que quelquefois Cicéron fut prôné par ceux-là mêmes qui auraient dû le combattre. C'est entouré de cette haute considération que son ouvrage nous est parvenu : on ne songea plus dès lors à lui demander ses titres à la confiance publique.

Des Topiques de Thémiste.

Nous ne connaissons les travaux de Thémiste sur les lieux communs que par l'analyse qu'en a donnée Boëce dans le deuxième livre de son traité *De differentiis topicis*. Il est très-regrettable que l'ouvrage original soit perdu ; car ce que nous en savons atteste une étude sérieuse et complète de la matière.

Thémiste admettait la double définition des lieux dont nous avons parlé à propos des Topiques de Cicéron ; il en faisait, comme Aristote, des propositions générales, et, comme l'orateur latin, des mots exprimant les différences de ces propositions (1). Il est probable même que tout ce que nous

(1) La seconde définition sert de base à la classification des τόποι de Thémiste : quant à la première, elle trouvait sans doute place dans une *Prothéorie*. Nous savons qu'elle était dans l'auteur par le témoignage d'Averroës (*Appendice du comment. du 1er livre d'Arist.*). Le savant arabe dit que Thémiste appelait lieux les propositions premières du syllogisme.

avons rapporté de Boèce à ce sujet appartient au rhéteur grec, et que le commentateur latin ne s'est fait que son abréviateur et son copiste. Thémiste considérait en principe les τόποι comme les axiomes du raisonnement ; mais, pour en réduire le nombre, et en rendre l'énumération plus facile, il proposait une nouvelle manière de les envisager : il en formait les titres d'une classification. J'ai déjà eu l'occasion de montrer que cette modification avait dû avoir pour premier auteur quelqu'un des successeurs de Théophraste. Cicéron l'avait imparfaitement reproduite. Thémiste ne l'a point tronquée. Il me paraît en ce point l'héritier fidèle des traditions de l'école.

Il consomma encore une autre réforme, déjà préparée par les péripatéticiens, en rattachant la suite entière des τόποι à une seule question, la question de définition (1). Dans ce travail, il fit disparaître les lieux spéciaux, et se borna à l'énumération de ceux qui conviennent à tous les problèmes. Il simplifiait la théorie, et la généralisait. Rhéteur autant que philosophe, il voulait une topique qui servît aussi bien à l'éloquence qu'à la dispute. Aussi, quoiqu'il fît rentrer théoriquement ses lieux dans la question de la définition, ils appartiennent en réalité, pour la plupart, à la question de l'accident, qui est la plus universelle de toutes et la plus habituellement débattue.

Ce qui peut le mieux nous faire juger du mérite de Thémiste, c'est sa classification des τόποι, faite avec beaucoup d'art et de méthode. C'est aussi le point sur lequel Boèce insiste le plus dans son analyse. En voici le résumé :

Dans tout raisonnement on se propose de chercher si un attribut convient à un sujet. On s'appuie pour cela ou bien sur des considérations inhérentes aux termes mêmes de la question, c'est-à-dire au sujet ou à l'attribut, ou bien sur des considérations étrangères à ces termes, ou bien enfin sur des considérations qui y sont en partie inhérentes et en partie étrangères. De là naissent trois sortes de lieux :

Les lieux tirés des termes de la question, *ab ipso ;*

Les lieux pris en dehors des termes, *extrinsecus sumpti ;*

(1) Averroès, *Comment. du 1er livre d'Arist.*, 1er appendice.

Les lieux mixtes, *e medio*.

Les lieux *ab ipso* se divisent en deux séries : ceux qui sont pris de la substance même des termes, et ceux qui sont pris des choses qui accompagnent cette substance, c'est-à-dire des choses qui n'existent pas sans elle, ou sans lesquelles elle ne saurait exister elle-même. Les lieux de la première série sont :

La *définition ;*

La *description :* c'est une sorte de définition moins exacte, qui fait connaître la substance, non par son genre et sa différence, mais par des propriétés ;

L'*interprétation du nom :* c'est la définition des mots mise à la place de la définition des choses.

Les lieux de la seconde série sont :

Le *genre* et le *tout :* ce qui est vrai du genre est vrai des espèces ; ce qui est vrai du tout est vrai des parties ;

Les *espèces* et les *parties :* c'est la réciproque du lieu précédent.

Les *causes :* elles sont au nombre de quatre : la cause efficiente, la matière, la forme et la fin (1). Chacune d'elles donne naissance à un lieu fondé sur ce principe commun : tout effet a le caractère de sa cause ;

La *génération* ou *naissance ;*

La *destruction ;*

L'*usage ;*

Les *circonstances habituelles.*

Les lieux pris hors des termes de la question, *extrinsecus*, sont les suivants :

L'*opinion*, qui consiste à prendre pour élément de preuve le jugement qu'ont porté sur la question les sages et les philosophes ;

La *comparaison a pari ;*

La *comparaison a fortiori ;*

La *proportion* et la *transsomption (proportio et transsumptio) :* ce sont les comparaisons qui se font, non entre les choses mêmes, mais entre leurs usages, leurs modes, leurs propriétés ;

(1) Cette division des causes est celle d'Aristote : ἀρχὴ κινήσεως, ὕλη, εἶδος, τὸ οὗ ἕνεκα.

Les *oppositions* : elles sont, comme on sait, au nombre de quatre : l'opposition des contraires, des relatifs, de la possession et de la privation, de l'affirmation et de la négation.

Enfin les lieux *e medio* sont :

Les conjugués, par lesquels on passe d'un mot exprimant la substance à un mot de la même série exprimant la qualité, comme *justice* et *juste* ;

Les *cas*, par lesquels on passe du substantif au verbe et à tout ce qui exprime l'action ;

La *division* : c'est le lieu tiré de la distinction d'une homonymie.

Ces lieux ne sont, on le voit, que des termes généraux. A chacun d'eux Boëce ajoute, sans doute d'après Thémiste lui-même, la proposition première dont le lieu exprime la différence. Voici un exemple de sa méthode d'exposition :

Lieu commun du tout. — La Providence gouverne-t-elle les choses humaines? Oui ; car elle gouverne le monde, et les choses humaines sont une partie du monde. — *Question* : accident. *Proposition première* : ce qui convient au tout convient aux parties. *Lieu* : le tout.

Lieu commun de la cause matérielle. — Les Maures ont-ils des armes? Non, car ils n'ont pas de fer. — *Question* : accident. *Proposition première* : là où la matière manque, la chose qui en est faite manque aussi. *Lieu* : cause matérielle.

Ainsi, dans toute cette énumération, les deux définitions des τόποι sont perpétuellement en présence. Tout en réservant le nom de lieux pour des mots, l'auteur ne laisse jamais oublier que ce sont aussi des propositions. C'est un grand avantage qu'il a sur Cicéron ; il rappelle au moins Aristote, s'il modifie ses idées. J'avoue toutefois que j'aurais préféré qu'il s'en tînt à la doctrine du philosophe grec. Je crois que, en donnant une forme plus générale à ses *propositions premières*, il en aurait suffisamment réduit le nombre, et n'aurait pas eu besoin, pour présenter un tableau succinct des τόποι, d'avoir recours à un changement aussi grave que celui de leur définition même. Ce qu'il y a en effet de vicieux chez lui, c'est que ces propositions qu'il cite en regard des lieux, et qui devraient représenter les τόποι d'Aristote, sont souvent trop spéciales. Averroès lui en fait le reproche, et l'accuse de s'écarter un peu de l'opinion de Théophraste et d'Alexandre d'Aphrodise (1). Les *propositiones maximæ* ne sont pas tout-à-fait ces axiomes abstraits que cherchaient les premiers chefs du péripatétisme : c'est quelque chose de plus particulier, de plus voisin de la *question*. Je pense que c'est pour ce motif que Thémiste n'a pas pu les présenter comme le dernier résultat de la topique, et qu'il est allé chercher au delà un principe nouveau de classification. C'est là précisément le vice de son système. Il fallait sans doute restreindre le chiffre des lieux communs, mais sans cesser d'en faire toujours ce qu'ils avaient été dès l'origine : tout le travail devait consister à transformer les premières formules d'Aristote en d'autres formules de plus en plus abstraites et de plus en plus universelles.

A côté de ce défaut, il y a un grand mérite dans Thémiste. Il est le seul qui nous ait laissé une bonne classification des τόποι. Sa division est simple, naturelle, fondée sur un principe vrai et philosophique. On ne peut affirmer sans doute qu'elle soit de lui ; mais c'est dans son ouvrage que nous la trouvons exposée pour la première fois ; et, quand il n'en serait pas l'auteur, nous devons lui savoir gré au moins de l'avoir fait connaître. Aristote l'avait déjà peut-être entrevue. Nous avons fait remarquer, dans l'analyse de son second livre, qu'il tire ses premiers lieux de considérations inhérentes aux termes de la question, comme sont la définition ou le genre ; et ses derniers, de rapprochements avec des termes étrangers, comme sont les oppositions et les comparaisons. Cicéron a suivi, d'après lui, une marche à peu près semblable. Mais, dans l'un et dans l'autre, il n'y a qu'une ébauche, un plan à peine dessiné. Ces ressemblances sont-elles dues au hasard ? ou bien y a-t-il réellement dans Aristote le principe d'une division complétée par ses successeurs, et reproduite plus tard par le rhéteur grec (2) ?

(1) Averroès, *loco cit.*

(2) Si, les termes de cette classification appartiennent aux premiers péripatéticiens, on s'expliquerait par là l'erreur de Cicéron, qui fait rentrer dans la topique les serments et les témoignages. Il se serait trompé sur le

nous ne savons. Quoi qu'il en soit, cette partie des travaux de Thémiste se recommande comme un perfectionnement utile. Si on veut classer les lieux communs, il faut le faire comme lui. C'est ce qui restera de son ouvrage.

Des commentateurs anciens.

Après les noms de Théophraste, de Cicéron et de Thémiste, on ne trouve plus dans l'antiquité que des commentateurs ou des rhéteurs qui se soient occupés de la théorie des Topiques. Ils ne l'ont pas modifiée d'une manière sensible. Les premiers ont suivi Aristote et la tradition péripatéticienne; les seconds ont de préférence suivi Cicéron.

Le plus remarquable des commentateurs est en même temps le plus ancien. Il est antérieur à Thémiste : c'est Alexandre d'Aphrodise, celui qu'on a appelé l'interprète par excellence, ὁ ἐξηγητής. Son explication des Topiques grecs a fourni à tous ses successeurs une grande partie de leurs matériaux. On peut dire qu'il résume en lui tous les travaux de l'exégèse ancienne et moderne (1). Comme tous les commentateurs, il s'est un peu trop borné à l'interprétation littérale du texte, et laisse de côté bien des questions qu'il serait important de résoudre pour saisir le sens et l'esprit de la théorie générale. Nous lui devons néanmoins des renseignements précieux. C'est lui qui a tiré de l'oubli l'importante définition des lieux donnée par Théophraste; et, quand on songe à l'obscurité qui envelopperait sans cela toute cette doctrine, on peut dire qu'il a rendu à la topique le plus signalé service.

Quoique Boèce ne se soit pas toujours contenté du rôle d'interprète, il me semble pourtant qu'il convient de le ranger parmi les commentateurs plutôt que parmi les auteurs originaux. Les quatre livres de son traité *De differentiis topicis* ne

sens du mot *extrinsèque*, et aurait confondu les lieux pris hors des termes de la question avec les preuves qui sont hors du discours.

(1) Je dois faire remarquer ici qu'on a contesté quelquefois au professeur d'Aphrodise le *Commentaire sur les Topiques*. Mais c'est une question sans importance pour nous. Car, que ce commentaire soit d'Alexandre ou d'un autre auteur, il n'en est pas moins un monument d'une ancienneté incontestable; et c'est le livre qui nous intéresse en ce moment plutôt que le nom de l'écrivain.

sont pas, il est vrai, une simple explication des textes; mais le plan seul est l'ouvrage de l'écrivain; ils ne renferment en définitive aucune idée nouvelle et personnelle. Le premier livre comprend la théorie du syllogisme catégorique et hypothétique, d'après Aristote et les stoïciens; le second, l'exposition des lieux de Thémiste; le troisième, la comparaison entre ces lieux et ceux de Cicéron; enfin le quatrième, l'application de la topique à la rhétorique. Il n'y a rien dans tout cela qui ressemble à une innovation : c'est un résumé des travaux précédents, un essai de conciliation entre les deux doctrines les plus accréditées alors sur la théorie des τόποι. Boëce admire Cicéron, et veut le mettre d'accord avec les péripatéticiens.

L'ouvrage de Boëce est toutefois très-important à cause du rôle qu'il a joué plus tard. Il fut le livre classique au moyen-âge. Placé sur la limite des deux mondes, Boëce a été le dernier représentant de la philosophie ancienne; c'est lui qui en a transmis les débris aux générations suivantes. Ses travaux particuliers sur la topique furent connus de bonne heure. Clairs et faciles autant que ceux d'Aristote devaient paraître obscurs, ils ne tardèrent pas à être préférés; et, malgré l'immense renommée du Stagirite, ils le remplacèrent presque complétement. Ce ne fut pourtant pas au profit de la doctrine; car, comme nous l'avons dit, Boëce montre dans son traité une prédilection très-regrettable pour l'opinion cicéronienne.

Des rhéteurs anciens.

Les rhéteurs n'ont fait faire aucun progrès à la topique : ils l'ont toujours prise des mains des dialecticiens telle, à peu près, que ceux-ci l'avaient composée. D'ailleurs ils n'y ont cherché que ce qui était utile à leur art, sans s'inquiéter d'expliquer sa nature et son principe

Quintilien est de tous les rhéteurs celui qui s'en est le plus occupé. Il n'a point pris pour modèle Aristote, bien qu'il connût ses ouvrages, et particulièrement l'Organum. Il se rapproche de Cicéron, aux idées duquel il mêle quelques vues personnelles. Il définit les τόποι, comme ce dernier, par des métaphores et par des comparaisons, mais plus vagues encore et plus obscures. « J'appelle lieux, dit-il, les siéges des arguments, *sedes argumentorum*; c'est là qu'ils sont cachés; c'est de là qu'il faut les tirer. De même que tous les terrains ne fournissent pas toutes les productions, de même que vous ne saurez découvrir un oiseau, un gibier, si vous ignorez où il naît et où il se tient, etc., ainsi les arguments ne se trouvent pas partout, et on ne peut pas les chercher à toute place. Mais si nous savons où ils prennent naissance, arrivés à leurs lieux, nous découvrirons facilement ce qui s'y trouve (1). » Cette paraphrase fait des lieux communs une chose indéfinissable, un je ne sais quoi qui n'est plus ni une proposition, ni un terme général. Nous voilà bien loin de Cicéron lui-même, qui était déjà si éloigné d'Aristote !

Je ne dis rien de la liste des τόποι donnée par Quintilien. C'est toujours celle de Cicéron, un peu allongée dans quelques parties, un peu abrégée dans d'autres. Ce qui mérite plutôt d'être signalé, c'est le peu de cas que l'auteur paraît faire de la théorie qu'il présente. Il n'ose pas dire qu'elle est inutile; car on lui demanderait pourquoi il la rapporte : cependant il ne la recommande pas à son élève. Il n'en détourne pas, mais il ne la propose pas à suivre. Il semble, en la reproduisant, céder à l'exemple et à la tradition, plutôt qu'obéir à sa raison et à son goût. Cette réserve fait honneur au jugement de Quintilien. Il a raison de trouver sa doctrine des lieux vide et défectueuse. Il est à regretter seulement qu'il n'ait pas eu l'idée d'en chercher le complément à sa source première, dans les écrits d'Aristote.

Parmi les rhéteurs grecs de la décadence, plusieurs se sont occupés aussi des lieux communs. Hermogène, Théon et Aphthonius ont chacun dans leurs *Progymnasmata* un chapitre sur le κοινὸς τόπος. Leur doctrine ne s'écarte pas moins que les précédentes de celle d'Aristote; et je ne m'en occuperais pas ici si elle n'avait un caractère nouveau qui mérite d'être signalé. Pour ces auteurs, le τόπος n'est plus ni un mot, ni une idée : c'est un développement tout fait. Chacun sait que ces trois écrivains ont émis les mêmes doctrines, ou plutôt,

(1) *Inst. orat.*, liv. V, ch. X.

que les deux derniers ne sont que l'écho d'Hermogène. Leur définition des lieux est à peu près la même. Voici celle de Théon, qui me paraît la plus nette des trois : « Un lieu est une amplification sur une chose bonne ou mauvaise qui n'est pas douteuse. Τόπος ἐστὶ λόγος αὐξητικὸς ὁμολογουμένου πράγματος, ἤτοι ἁμαρτήματος, ἢ ἀνδραγαθήματος (1) ». Ainsi, qu'on fasse l'éloge de la vertu ou du courage, qu'on déclame contre les dangers de la colère, ce seront autant de lieux communs suivant l'école d'Hermogène. Je n'entre pas plus avant dans l'étude de cette théorie. Elle est accompagnée de divisions, de subdivisions et d'exemples, qui en font connaître l'emploi, mais qui ne peuvent être pour nous d'aucun intérêt ni d'aucune utilité. Remarquons seulement que le sens donné par Hermogène au mot τόπος correspond encore à l'une des significations vulgaires que le préjugé attache à notre terme de *lieux communs*. C'est probablement à son exemple qu'on a pris l'habitude d'appeler ainsi tous les développements vulgaires et toutes les amplifications banales. Car la doctrine du rhéteur de Tarse fut long-temps en honneur parmi les Grecs de la décadence : on retrouve encore ses idées sur les lieux communs dans les *Progymnasmata* de Nicolaüs-le-Sophiste, disciple de Proclus, et jusque dans ceux de Georgius Pachymérès, rhéteur byzantin du XIIIe siècle (2).

Destinée de la topique au moyen-âge.

En entrant dans le moyen-âge, les premiers logiciens que nous rencontrons sont les Arabes. Mais ils ne furent que des interprètes ; ils n'ajoutèrent rien d'important à la doctrine d'Aristote. Le monument le plus considérable qu'ils aient laissé sur la question des τόποι est le commentaire d'Averroës, que j'ai eu plusieurs fois l'occasion de citer. Averroës n'était pas le premier de sa nation qui se fût occupé des Topiques ; il cite même les travaux de quelques-uns de ses devanciers sur cette matière, particulièrement ceux d'Alfarabi, philo-

(1) Théon, *Prog.*, ch. VII.
(2) *Rhetores græci*, Walz, t. I, p. 319 et 561.

sophe syrien du xe siècle. Mais c'est lui qui est le plus complet : il a résumé tout ce qui s'était fait jusqu'alors ; et ce n'est pas sans raison que M. Barthélemy St-Hilaire le place à la tête de tous les commentateurs anciens et modernes. Son principal mérite, à mes yeux, c'est qu'il ne se contente pas d'expliquer les phrases à la manière des scoliastes : il aborde souvent les questions générales ; il indique le lien qui unit les parties de l'ouvrage ; il cherche enfin le sens des pensées aussi bien que des mots.

La scolastique fit beaucoup moins que les Arabes pour les Topiques. Pendant son règne de trois siècles, elle ne produisit rien d'original sur cette question, et ne fit que répéter faiblement ce qu'on avait dit avant elle. Ses efforts s'étaient tournés plutôt vers la doctrine des Analytiques. Elle concentra toute son attention sur le syllogisme ; elle en étudia le mécanisme, et en formula les lois d'une manière plus nette et plus rigoureuse. Ce fut là sa tâche : elle l'accomplit avec une admirable patience. Mais elle négligea presque complètement la théorie des lieux communs. Elle la regardait comme une partie de la rhétorique plutôt que de la logique. Le plus grand scolastique du xive siècle, Guillaume d'Occam, voulait exclure les Topiques de l'Organum (1). La science du raisonnement lui paraissait complète après la connaissance du syllogisme.

Les Topiques d'Aristote étaient pourtant prescrits par les statuts de l'Université de Paris comme un des livres qui devaient être lus dans les écoles. Mais il ne paraît pas qu'on y ait fait beaucoup d'attention. On étudiait plutôt le traité *De differentiis topicis*, qui avait été prescrit en même temps. La langue grecque était peu répandue dans les premiers temps de la scolastique ; on ne connut d'abord Aristote que par les versions et par les explications de Boëce. Aussi la topique du Stagirite fut-elle remplacée de bonne heure par celle de ses successeurs trop peu fidèles, Cicéron et Thémiste. On en trouve la preuve dans le manuel de logique le plus répandu au moyen-âge, dans les *Summulæ logicales* de Pierre d'Espagne, qui furent durant plusieurs siècles le livre classique lu par les

(1) Voy. M. Barthélemy St-Hilaire, *Etude sur la logique d'Aristote*, t. II, p. 225.

écoliers et par les maîtres. Pierre d'Espagne reproduit textuellement la théorie de Boëce ; il appelle *lieux* deux choses : les propositions principales, et les différences de ces propositions. « *Locus*, dit-il dans son latin barbare, *dividitur in locum maximam et in locum differentiam maximæ* (1). » Arrivé à l'énumération de ces lieux, il prend simplement la liste de Thémiste, dont il copie tous les termes. Il ne cherche même pas à expliquer comment on a pu passer des propositions principales à leurs différences, bien qu'il trouvât dans Boëce lui-même cette explication.

Ce n'est pas seulement dans ces traités élémentaires que la topique d'Aristote paraît avoir été mal comprise ou sacrifiée à des théories plus récentes. On rencontre les mêmes erreurs jusque dans les écrivains qui passent pour avoir le mieux connu à cette époque la logique péripatéticienne. S'il est un homme, au moyen-âge, duquel on doive attendre quelques opinions justes sur la théorie des lieux communs, c'est Albert-le-Grand, qui a laissé de volumineuses paraphrases sur toutes les parties de l'Organum, et particulièrement sur les Topiques. Cependant son commentaire de ce dernier ouvrage est loin d'éclaircir la doctrine. L'auteur y explique les phrases du texte avec toute la prolixité et avec tout le luxe de divisions et de subdivisions en usage parmi les scolastiques ; mais il ne fait connaître ni le but du livre, ni la nature des lieux, ni le lien des diverses théories. Il se montre grand admirateur d'Aristote ; il ne parle de lui qu'avec respect et vénération ; mais il n'aide pas à le comprendre. Il semble, lui aussi, pencher pour la définition de Cicéron, et considérer les lieux, non comme des axiomes, mais comme des sortes d'indices, de signes qui aident à faire trouver des raisonnements. C'est du moins ce qui résulte de la phrase suivante de son commentaire, la seule où il paraisse vouloir donner une définition des lieux. Je la cite en latin, car il serait difficile de la traduire. « *Incipit liber Topicorum, eo quod τόπος græce est locus latine, et id quod docetur in hoc libro est qualiter ab habitudine locali trahatur consideratio ad*

(1) Petri Hisp. *Summ. logic.*, tract. V, c. 1.

problematis determinationem (1) ». Il n'est guère possible, on le voit, de tirer de là une notion précise. *Habitudo localis* est une métaphore, comme le mot *sedes* de Cicéron et de Quintilien. Elle est même plus vague encore et moins naturelle.

Ainsi le véritable sens de la théorie des τόποι demeura peu connu au moyen-âge. Le chaos régnait dans cette partie des études. On lisait concurremment des livres qui ne pouvaient s'accorder : Aristote, Boëce et Cicéron. Or tout l'enseignement des scolastiques consistait dans cette lecture des textes et dans leur commentaire : on n'allait pas jusqu'à la critique et à la discussion des pensées (2). Aussi devait-on finir nécessairement ou par négliger une doctrine qui ne présentait que confusion, ou par prendre parti pour un des auteurs qu'on avait entre les mains, en abandonnant complètement les autres. Or c'est Aristote qui paraît avoir été le plus généralement négligé

Réforme de la topique par Rodolphe Agricola au XVe siècle.

Dès la première moitié du XVe siècle, il commença à se former une opposition contre la routine de la scolastique. On comprit qu'il ne suffisait pas de lire un livre pour posséder la science, mais qu'il fallait examiner les opinions, et les contrôler. D'ailleurs les abus de la forme syllogistique devenaient palpables. Les longueurs, les subtilités de cette méthode uniforme de majeure et de mineure, d'objection et de réponse, frappaient les yeux de tous les hommes qui avaient conservé quelque goût. On se mit donc, timidement d'abord, et plus tard avec violence, à contester l'autorité absolue d'Aristote, et à ébranler tout le système échafaudé sur l'Organum.

(1) Alberti Mag. *Commentarium in Top.* : proœmium.

(2) Voir la thèse de M. Thurot sur l'*Organisation de l'enseignement dans l'Université de Paris au moyen-âge*, p. 65. — On bornait l'étude d'une science à l'étude de l'ouvrage qui faisait autorité en cette matière: *Scito textu, sciuntur omnia*, disait Roger Bacon.

Le premier qui commença l'attaque fut un Italien, Laurentius Valla, qui entreprit, vers le milieu du XVe siècle, de simplifier la logique. Cette réforme ne portait que sur la première partie de l'Organum; elle ne touchait pas aux Topiques. Mais elle fut bientôt suivie d'une autre, qui devait avoir pour objet principal de porter la lumière dans la doctrine des lieux communs. Celle-ci eut pour auteur Rodolphe Agricola, professeur à Heidelberg, qui fit paraître, quelques années après Valla, un traité sur l'invention en dialectique, *De inventione dialectica*.

Quoique ennemi de la scolastique et l'un des promoteurs du mouvement qui devait l'emporter, Agricola n'est pas pour cela un novateur bien original. Il tient même encore beaucoup du passé. Sans s'en douter, il n'a fait après tout qu'achever l'œuvre du moyen-âge, en substituant définitivement la théorie de Boëce à celle d'Aristote. Ce qu'il a ajouté à ce fonds d'emprunt n'est pas d'une grande importance. Nous allons en juger.

Il commence son ouvrage par faire le procès d'Aristote. Il adresse aux Topiques grecs le grave reproche de n'être d'aucune utilité. Il y trouve plusieurs vices capitaux.

D'abord, suivant lui, l'auteur a pris à tâche de rendre sa doctrine obscure, et n'offre souvent aux lecteurs que des énigmes.

Il a divisé sans raison les questions dialectiques en quatre espèces : questions de définition, de propre, de genre et d'accident. Jamais les problèmes ne se présentent ainsi dans la pratique. On ne se demande pas : La définition de l'homme est-elle : *Animal raisonnable?* Mais on dit simplement : L'homme est-il raisonnable, ou non ?

Il n'a mis aucun ordre dans son exposition des lieux. D'ailleurs *ce ne sont pas des lieux qu'il énumère : ce sont des éléments de preuves tirés des lieux, et qu'il applique à une question proposée.* « *Neque locos describit, neque numerum ipsorum facit aut nomina, sed deducta ex locis argumenta questioni propositæ applicat* (1) ». Il donne même le nom de τόποι à des préceptes qui n'ont aucun rapport avec la topique,

(1) Rod. Agric., *De invent. dial.*, l. I, c. III.

comme lorsqu'il dit : « Il faut examiner si l'attribut s'applique à toutes les parties du sujet.... ».

Enfin, de ces prétendus lieux communs on ne peut rien tirer qui soit général, qui soit applicable à d'autres questions que celles que le philosophe a citées comme exemple. Les hommes qui tiennent à conserver le nom de péripatéticiens lisent encore les Topiques ; mais ils n'en recueillent nullement cette faculté de disserter sur tout, que le Stagirite se flatte de nous donner par sa méthode.

Tel est le résumé des critiques d'Agricola. On voit qu'il est impossible de se tromper plus complètement. Ce que blâme le docteur allemand est précisément ce qui fait le mérite d'Aristote et l'utilité de son livre. Au lieu de donner des lieux à la façon de ceux d'Agricola, c'est-à-dire des mots, il a donné en effet des éléments de preuves, des propositions qui doivent servir dans le syllogisme. Mais c'est là justement le grand avantage de sa doctrine sur toutes les doctrines postérieures. Les autres reproches ne sont pas mieux fondés que celui-là. Il est puéril de prétendre qu'Aristote a cherché volontairement à n'être pas compris. Comment soutenir aussi qu'on ne peut rien tirer de général de sa théorie, et que l'emploi de ses lieux se borne aux exemples qu'il a rapportés ? Une pareille objection prouve qu'Agricola n'avait pas compris les Topiques. Il cherche les formules de Boëce et de Thémiste dans Aristote, et tout ce qui s'en écarte lui paraît une erreur.

Après cette attaque malencontreuse contre celui qu'on regardait comme le père de la scolastique, l'auteur du *De inventione* loue Cicéron, Thémiste et Boëce d'avoir porté la lumière dans la théorie des lieux communs. Quand on sait la nature des services rendus par ces écrivains à la topique, on ne peut s'empêcher de trouver ces éloges d'Agricola aussi déplacés que sa mauvaise humeur contre Aristote. Enfin il entre lui-même en matière. Il définit les τόποι, comme Cicéron et toute son école, par le mot *sedes argumentorum*, et en fait des termes généraux. Il en dresse ensuite la liste : c'est un mélange des lieux de Cicéron et de ceux de Thémiste, avec quelques additions et quelques changements insignifiants. La classification est aussi à peu près la même que chez le rhéteur grec : les lieux sont tirés ou de la substance des termes, ou de ce qui accompagne cette substance, ou enfin de rapprochements et de comparaisons avec des termes étrangers.

Jusque là, comme on voit, l'œuvre d'Agricola n'a aucune originalité. Mais il est une chose qui le distingue de ses prédécesseurs : c'est qu'il indique une méthode pour se servir de ses lieux, et les appliquer à toute question. Avant lui, on s'était toujours contenté de les énumérer. Cela suffisait du temps d'Aristote ; car alors la manière d'user des lieux était indiquée par les lieux eux-mêmes. C'étaient des axiomes : il ne s'agissait que de les prendre, et d'en faire le principe des raisonnements. Mais, après qu'on eut appelé *lieux* de simples mots, il n'en fut plus de même. L'application du τόπος aux problèmes dut être fort différente : il fallait savoir tirer d'un mot des propositions. Or personne n'en indiqua le moyen. C'était pourtant la chose la plus essentielle, et on peut même dire la seule qui fût intéressante dans la nouvelle théorie. Rodolphe tenta de combler cette lacune.

Il donne trois préceptes à celui qui veut se servir des lieux.

D'abord il faut les apprendre par cœur, les avoir toujours présents à l'esprit, et s'exercer à les découvrir dans les écrivains.

Ensuite il faut savoir *faire la description d'une chose selon ses lieux (rem per locos describere)*. Voici en quoi consiste cette opération. Soit le mot *philosophe* : pour en faire la description comme l'entend Agricola, nous devons chercher successivement tous ses lieux, c'est-à-dire sa définition, son genre, son espèce, ses accidents habituels, ses semblables, ses contraires, etc... Ainsi la définition du philosophe sera : l'homme qui cherche la sagesse ; son espèce : stoïcien ou épicurien ; ses accidents ordinaires : le dédain des choses de la vie et le mépris des plaisirs. En voilà assez pour comprendre ce que c'est que la *description*. Le dialecticien doit s'habituer à trouver rapidement les différents lieux d'un terme ; car de là dépend tout le reste.

Quand on a une question à discuter, c'est-à-dire quand on a à chercher si tel sujet convient à tel attribut, on fait d'abord la description de ce sujet et de cet attribut ; puis on rapproche chaque lieu de l'un de chaque lieu de l'autre (1). C'est ainsi que se résout le problème. Quand un des lieux de l'attribut convient à un des lieux du sujet, c'est une raison pour affirmer la chose ; quand il ne convient à aucun lieu du sujet, c'est une raison pour la nier. Si tous les lieux se conviennent, la question sera complètement résolue ; si tous se repoussent, la négative sera prouvée de même. Si tels lieux se conviennent, et que d'autres s'excluent, il faudra peser alors les deux sortes de raisons, et se décider pour les plus fortes ou pour les plus nombreuses. L'auteur choisit lui-même un exemple pour appliquer ses procédés. C'est cette question : *Le philosophe doit-il prendre femme ?* Il fait la description des deux termes ; puis il rapproche la définition, le genre, la cause, les accidents du philosophe, de la définition, du genre, ou des accidents de la femme ; et il montre comment, à l'aide des propositions qu'on a trouvées, on peut attaquer ou défendre le problème.

Au premier abord, cette méthode paraît ingénieuse et sûre. Mais il n'est pas difficile de voir qu'elle est peu praticable. Que de temps il faudrait pour procéder de la sorte ! Qu'on songe que les lieux sont au nombre de trente environ. Or, pour traiter la plus simple des questions, il faut faire d'abord deux descriptions ; ce qui donne une soixantaine de propositions à chercher, trente pour chaque terme. Puis chaque proposition du premier terme sera comparée aux trente propositions du second : cela fera en tout, si nous comptons bien, neuf cents propositions à embrasser pour résoudre le problème le plus facile. Que sera-ce si la question admet différents cas, si le sujet ou l'attribut sont complexes ? On est effrayé du chiffre que pourront atteindre alors les propositions. Pour traiter de cette manière un chapitre de morale ou de philosophie, il faudrait plus que la vie d'un homme. Ainsi le premier caractère de la méthode d'Agricola est d'être impossible ; et, fût-elle possible, elle serait stérile ; elle userait les forces de l'esprit à des minuties, à des opérations

(1) Cum descripserit utramque, conferat inter se locos utriusque rei, unumquemque alterius alterius omnibus, videatque quid consentaneum possit in eis et quid dissentaneum invenire. (*De inv. dial.*, l. II, c. XXI).

tout-à-fait mécaniques. Et pour quoi? Pour un résultat souvent bien médiocre.

C'est en ce sens que l'œuvre du dialecticien allemand me paraît tenir encore beaucoup de la scolastique. Le principal défaut des docteurs du moyen-âge a toujours été d'entourer le plus petit problème, le moindre raisonnement, d'un formidable attirail de procédés logiques. Le *De inventione* montre à quels abus devaient conduire de telles habitudes. Il représente assez fidèlement ce que peut être la théorie de l'invention selon la méthode scolastique. Dans la suite on a souvent accusé Aristote d'avoir été cause de cette stérilité, de cette laborieuse impuissance du moyen-âge. Pour la topique au moins, on voit qu'une pareille accusation est bien injuste : car ce n'est que parce qu'on a cessé de comprendre la pensée du philosophe grec qu'on est tombé dans ces erreurs. Aristote est fécond; ses successeurs ont été stériles en lui devenant infidèles.

Malgré ses défauts, la réforme d'Agricola eut un grand succès dans le monde savant. Je crois qu'elle le dut moins à la nouveauté des idées qu'à la nouveauté de la forme et du langage de l'écrivain. Son ouvrage est composé dans un latin plus clair et plus élégant que celui auquel les docteurs précédents avaient accoutumé leurs lecteurs. L'auteur, scolastique encore pour la méthode, appartient déjà à une autre école pour le style. Il mêle à ses arides discussions quelques détails littéraires, quelques citations de poètes; il fait entrer aussi dans l'invention l'art de toucher et de plaire, et consacre son livre troisième aux mœurs et aux passions. Ce mélange de rhétorique et de dialectique ne forme pas un tout bien homogène: néanmoins, quand on songe à la barbarie des âges précédents, c'était déjà un progrès.

Aussi le traité *De inventione* se répandit-il promptement en Europe à la fin du XVe et au commencement du XVIe siècle. En 1530, il était déjà tellement en honneur à Paris que la Faculté de Théologie reprochait à la Faculté des Arts de négliger Aristote pour Agricola (1). Ce grossier essai de réforme devint donc, pour la topique, la doctrine dominante jusqu'au moment

(1) V. M. Waddington, *Ramus, sa vie et ses écrits*, p. 384.

où Bacon et Descartes firent table rase de tout le passé. Nous voyons, en effet, les principaux chefs des écoles de logique de la Renaissance, Mélanchthon, Vivès (1), Ramus, suivre les traces du professeur d'Heidelberg, et reproduire ses erreurs sur la nature et sur l'emploi des lieux communs. Ramus surtout montra toujours le plus grand amour pour Agricola, qu'il considérait comme son maître, et dans lequel il était heureux sans doute de trouver un ennemi d'Aristote. Il remania d'après lui la théorie de l'invention, et refit une classification des lieux (2). Mais il ne fut pas plus heureux que son prédécesseur dans cette partie de ses travaux, et n'émit d'ailleurs aucune idée nouvelle.

L'Italie, qui avait donné le signal des attaques contre Aristote et la scolastique, était pourtant restée plus fidèle aux bonnes traditions de l'école péripatéticienne sur la topique. Quelques savants de ce pays firent, au XVIe siècle, de louables efforts pour résister à la tendance générale des esprits, et pour remettre en honneur la véritable théorie des lieux communs. Les professeurs de l'Académie de Venise publièrent, en 1559, la savante paraphrase des Topiques d'Aristote, que j'ai eu plusieurs fois l'occasion de citer, et où ils reproduisaient, en l'augmentant et en l'éclaircissant, le commentaire d'Alexandre d'Aphrodise. Dans cet ouvrage, ils rétablirent l'ancienne définition des lieux, la défendirent, et montrèrent sa supériorité sur la définition de Cicéron. Mais ces travaux estimables ne furent qu'une tentative isolée, et n'eurent pas de retentissement. Le commentaire vénitien est même demeuré incomplet : il s'arrête au sixième livre d'Aristote. Il était trop tard pour essayer de dissiper les erreurs où étaient tombés la plupart des logiciens au sujet de la topique. Une nouvelle ère allait commencer.

(1) V. dans M. Barthélemy St-Hilaire (t. 1, p. 111) la définition que Mélanchthon et Vivès donnaient des τόποι. Ils en faisaient, eux aussi, les titres d'espèces diverses de raisonnements. Vivès ajoutait dans une comparaison : « *Non sunt pixides quibus continentur pharmaca, sed pixidum indices* : Ils ne sont pas les boîtes aux spécifiques, mais les *étiquettes* de ces boîtes ».

(2) P. Rami *Institutiones dialecticæ*, p. 3, Lugd.

Destinée de la topique depuis Descartes.

Or voi où en était la topique quand parut Descartes : elle n'offrait qu'un amas d'opinions confuses. La dernière forme qu'elle avait prise entre les mains de Rodolphe Agricola n'était pas de nature à lui faire trouver grâce devant les novateurs. Aussi, dans la grande réaction qui se fit au commencement du xviie siècle contre le passé, elle disparut complètement. La seule chose qui surnagea au milieu du vaste naufrage de la logique péripatéticienne, ce fut le syllogisme. Les solitaires de Port-Royal, élèves de Descartes, en refirent la théorie, et la présentèrent avec une remarquable clarté. Mais ils ne s'occupèrent point des Topiques, et, par la manière défavorable dont ils en ont parlé, ils détournèrent de cette étude ceux qui eussent pu avoir quelque disposition à l'entreprendre. Aussi, depuis cette époque, n'a-t-il plus été question des lieux communs que dans les traités de rhétorique et de littérature, où l'on continua encore à leur faire une place. Mais, dans ces sortes d'ouvrages, c'est Cicéron qu'on a toujours pris pour guide, et dont on a reproduit la définition et la théorie.

C'est plutôt en littérateur qu'en philosophe que Marmontel a traité de la topique dans un petit écrit qu'il composa vers la fin de sa vie, et qui ne parut qu'après sa mort (1). Mais il se montra, dans cet ouvrage, beaucoup plus curieux de la vérité que ses contemporains et ses devanciers. Il avait étudié l'Organum, dont il présente une courte analyse, et dont il admire la conception. Il est vrai que, arrivé à l'énumération des lieux, ce n'est plus Aristote qu'il a pris pour guide : c'est Cicéron, qu'il trouvait sans doute plus clair et plus facile. Aussi est-il tombé dans la même erreur que tous les imitateurs de l'orateur romain sur la nature même des τόποι. Mais, du moins, s'il n'approfondit pas beaucoup la doctrine, il en prend la défense avec la conviction d'un homme de goût qui comprend que le dédain avec lequel on la traite est injuste.

(1) *Leçons d'un père à ses enfants sur la logique*, 1802.

« Ce mot *loci*, dit-il, signifie sources communes. En le traduisant par *lieux communs* on en a avili l'idée. Mais l'objet en lui-même n'en a pas moins son prix. Les lieux ou les moyens de l'art sont communs en ce qu'ils s'emploient, ainsi que les couleurs du peintre, à tout un genre de travail ; mais l'habileté les rend propres à l'effet qu'on veut produire. La palette de Raphaël ou du Titien était la même que celle du plus mauvais peintre ; les lieux étaient les mêmes pour Cicéron que pour le plus mauvais raisonneur de son temps (1). »

Après Marmontel, nous entrons dans l'époque contemporaine. Nous nous abstiendrons d'en juger les œuvres. Nous pouvons dire toutefois qu'une direction plus savante donnée aux études philosophiques et les travaux de quelques hommes éminents ont fait mieux connaître Aristote et son système. Mais ce sont les Analytiques qui, aujourd'hui comme toujours, ont plus particulièrement attiré l'attention des penseurs. Les Topiques n'ont été l'objet d'aucune recherche spéciale ; et les interprètes les plus savants de la logique péripatéticienne ont toujours passé légèrement sur cette partie de l'Organum (2). La théorie des lieux communs ne mérite

(1) *Leçons d'un père à ses enfants sur la logique*, leçon XI.

(2) J'ai déjà dit que M. Barthélemy Saint-Hilaire, regardant la topique comme une science subalterne, l'avait sacrifiée aux Analytiques : aussi n'en a-t-il traité ni la théorie ni l'histoire avec autant de soin que le texte. — En Allemagne, M. Biese, qui a consacré de longs travaux à l'interprétation de la doctrine d'Aristote (*Die Philosophie des Aristoteles*, Berlin, 1835—1836), relègue aussi la topique à un rang inférieur. Il donne même une idée fausse des lieux communs, qu'il ne considère que comme des sortes de *points de vue* (Gesichtspunkte), sous lesquels on peut envisager les questions (t. 1, p. 617).

Un élève de M. Brandis, M. Klein, dans une thèse publiée à Bonn en 1844 (*Dissertatio de fontibus Topicorum Ciceronis*), aurait peut-être rendu un grand service à la topique s'il avait poussé plus loin ses études sur Aristote ; car il a bien saisi la différence qui distingue les lieux communs de Cicéron de ceux du Stagirite, et il a su tirer habilement de quelques passages de la *Rhétorique* une définition des τόποι (p. 30). Mais il donne encore à ce mot une signification trop vague et trop étendue, en voulant l'appliquer à la fois aux lieux proprement dits et aux simples *préceptes*,

cependant pas la défaveur dans laquelle elle est restée. Elle ne la doit qu'à une cause accidentelle, à celle que nous avons plusieurs fois signalée dans ce chapitre : c'est que, au lieu de se perfectionner en passant à travers les âges, comme la théorie du syllogisme, elle s'est, au contraire, dénaturée de plus en plus. Sans cette regrettable confusion entre les lieux communs de Cicéron et ceux d'Aristote, il est probable que la topique ne serait pas tombée dans un tel discrédit. Les philosophes l'eussent négligée peut-être, parce qu'elle n'est pas un instrument de découvertes : elle n'est qu'un procédé de démonstration. Or, depuis Descartes, la philosophie s'est proposé surtout d'observer et d'étudier l'homme ; et c'est l'induction qui lui a servi de méthode plutôt que le syllogisme. Mais, dans l'éloquence au moins, où la preuve est si importante, on n'eût pas autant dédaigné cette théorie ; on n'en serait pas venu à la regarder uniquement comme la ressource de la médiocrité.

qu'Aristote a souvent confondus ensemble (p. 132). Enfin il a borné son analyse des Topiques grecs au livre I, qu'il résume très-brièvement sans résoudre aucune des difficultés qu'on y rencontre. Le sujet même de sa thèse et ses propres sympathies le portaient plutôt vers l'étude de l'ouvrage de Cicéron, sur lequel il se propose, dit-il, de faire un nouveau travail ainsi qu'une histoire de la topique (p. 68).

CHAPITRE VII.

QUEL USAGE PEUT-ON FAIRE AUJOURD'HUI DE LA THÉORIE DES LIEUX COMMUNS?

Il est facile de reconnaître, après l'exposé que nous venons de faire, que l'œuvre d'Aristote n'a pas perdu aujourd'hui toute son utilité. Ce qui était vrai du temps du philosophe n'a pas cessé de l'être de nos jours : les principes qu'il a posés comme fondements des raisonnements sont encore ceux qui dirigent et gouvernent nos pensées. La forme sous laquelle il a présenté sa théorie a pu vieillir et s'user ; le fond est impérissable. La topique mérite donc toujours d'être conservée et étudiée dans nos écoles comme elle le fut dans celles de la Grèce. Nous devons seulement discerner avec prudence ce qu'il convient d'y modifier pour l'approprier à nos besoins et à nos idées.

D'abord, à quels sujets devons-nous borner l'emploi des τόποι ? Il me semble qu'il y a entre les Grecs et nous une grande différence à cet égard. En Grèce, on discutait publiquement sur des matières de philosophie ou de morale ; des luttes de paroles étaient organisées dans les écoles ; on y plaidait le pour et le contre sur toute question proposée. En présence d'un adversaire et d'un auditoire, il fallait trouver sur-le-champ les raisons et les preuves dont on avait besoin. Les lieux de la dialectique étaient destinés à cet usage : c'était une méthode pour venir en aide aux champions de ces sortes de combats, pour suggérer au milieu de l'improvisation tous les moyens et toutes les ressources nécessaires. Chez nous, rien de semblable n'existe. La dispute philosophique n'entre ni dans nos goûts ni dans notre système d'éducation. La topique spéciale de la dialectique nous est donc devenue inutile : nous n'avons à lui emprunter que les lieux généraux qui peuvent servir à toute espèce de matières.

C'est principalement à l'éloquence que nous pouvons appliquer les τόποι, puisque la rhétorique occupe le rang le plus important dans nos études, et que son emploi est encore si fréquent dans la société. Peut-on douter que, dans cette branche considérable de la littérature, les Topiques d'Aristote ne soient capables de rendre de grands services ? Une bonne et complète théorie de l'invention a toujours manqué dans les traités de l'art oratoire. Aristote seul a tenté de combler cette lacune dans sa Rhétorique. Mais son ouvrage, malgré son incontestable mérite, est souvent trop compliqué et trop savant pour bien des apprentis orateurs. D'ailleurs la topique générale a disparu, pour ainsi dire, complètement de la Rhétorique d'Aristote, pour faire place aux lieux spéciaux ou εἴδη. Or c'est, au contraire, ce me semble, par les lieux généraux qu'il conviendrait de commencer une étude de ce genre ; ce sont eux qu'il faudrait prendre pour base de tout le système.

L'utilité de la topique dans les débats oratoires, dans les discussions de tout genre où l'on a à défendre et à attaquer des opinions, a été reconnue par d'éminents génies. Bossuet, voulant apprendre la logique au Dauphin, avait été frappé de ce côté pratique de la doctrine d'Aristote. Il sentait combien il devait être utile pour ceux qui ont à se prononcer sur les grands intérêts d'une nation d'avoir une méthode pour trouver facilement toutes les raisons qui peuvent faire adopter ou rejeter une mesure, et porter la lumière dans les conseils et dans les cabinets. Aussi avait-il fait étudier spécialement la topique à son royal élève. « Pour la logique, dit-il dans son Institution du Dauphin, nous l'avons tirée de Platon et d'Aristote, non pour la faire servir à de vaines disputes de mots, mais pour former le jugement par un raisonnement solide, nous arrêtant principalement à cette partie qui sert à trouver les arguments probables, parce que ce sont ceux que l'on emploie dans les affaires : *cam maxime partem orationc complexi quæ topica argumenta rebus gerendis apta componeret* (1). »

(1) *De institutione Delphini ad Innoc. XI.*

Ainsi la théorie des lieux communs, quoique plus bornée chez nous que chez les Grecs, trouve encore cependant une place considérable; et il n'est pas douteux qu'on ne puisse en tirer un excellent parti. Mais comment doit-elle être présentée et étudiée?

Il me semble que celui qui voudrait composer aujourd'hui une topique (1) devrait d'abord insister tout particulièrement sur la définition des lieux, et faire bien comprendre que ce sont des propositions, et non des mots. Il commencerait par montrer la nature du raisonnement probable, puis les principes sur lesquels il repose : de là il arriverait naturellement aux τόποι. Une pareille théorie serait à la portée de toutes les intelligences; car on peut la rendre aussi élémentaire et aussi simple que l'on veut.

Il faudrait bien se persuader ensuite que la topique est une méthode, et non une liste de résultats et de formules empiriques. On devrait proscrire tout ce qui peut tendre à lui donner ce dernier caractère. On devrait éviter par conséquent les classifications trop savantes, les nomenclatures trop complètes, qui ont la prétention de tout embrasser; car elles ne laissent rien à ajouter ni à modifier. Il serait bon au contraire de permettre à chacun de compléter sa propre topique. Il ne faut pas ôter au dialecticien ou à l'orateur son originalité en le réduisant à ne débiter qu'une leçon apprise. Une méthode est une direction donnée à l'intelligence, mais qui lui laisse son libre arbitre; ce ne doit pas être une pratique qu'on lui impose, un maillot dans lequel on la garrotte. Aussi serait-il plus embarrassant qu'utile de nous donner de longs catalogues de lieux à retenir par cœur. Il vaut mieux n'en faire connaître que les principaux, et nous exciter à en chercher d'autres nous-mêmes, et à nous former un répertoire de ressources personnelles. Nous avons déjà dit, dans un chapitre précédent, que le principal mérite d'Aristote était

(1) Je ne conseillerais pas à un auteur moderne de faire un ouvrage spécial sur les lieux communs. Mais c'est dans les traités de Rhétorique qu'on pourrait, à l'aide de la topique, compléter utilement la théorie de l'invention.

moins de nous énumérer les τόποι que de nous apprendre, par son exemple, à quelles sources on les découvre. Nous avons fait remarquer comment il fait appel tour à tour au sens commun, à la conscience, à l'étude du cœur humain, pour en tirer ses axiomes. Voilà ce qu'il y a de vraiment instructif dans sa méthode ; voilà ce qu'une topique moderne ne devrait pas omettre.

L'énumération des lieux ne devrait donc pas être très-développée par elle-même. Il faudrait la présenter plutôt comme un exemple à imiter que comme un résultat définitif à retenir. Voici comment je la concevrais :

On doit distinguer d'abord deux espèces de lieux : les lieux généraux ou applicables à toutes les questions, et les lieux spéciaux ou applicables à tel ou tel genre seulement.

Les lieux généraux sont à peu près ceux qu'Aristote expose dans son second livre. J'en ai donné l'abrégé ; mais on peut les réduire encore davantage. Quel qu'en soit le nombre, il faut toujours les présenter sous la forme d'une proposition : la théorie d'Aristote a été ruinée du jour où l'on a oublié ce principe.

Les lieux des comparaisons doivent se rattacher aux lieux généraux, dont ils forment la seconde série. On pourrait aussi les faire entrer déjà dans la topique spéciale ; car quelques-uns d'entre eux ne sont que des applications de principes plus universels, comme nous l'avons vu dans l'analyse du troisième livre d'Aristote. Du reste, qu'on les place dans une catégorie ou dans une autre, c'est une différence peu importante.

Les emprunts qu'on peut faire aux τόποι de la dialectique se bornent au second et au troisième livre des Topiques grecs. Les lieux du genre, du propre et de la définition ne nous seraient d'aucune utilité. Mais, à la suite des lieux généraux, viennent les lieux particuliers. C'est principalement à la rhétorique que ceux-ci doivent servir : c'est aussi dans la Rhétorique d'Aristote qu'il convient de les prendre.

Le point de départ de la topique spéciale de l'orateur est dans la classification des matières qu'il a à traiter. Pour trouver les axiomes propres à chacune d'elles, il faut diviser, comme le philosophe grec, l'éloquence en plusieurs genres, d'après la nature des idées sur lesquelles roule le discours.

Aristote ne compte que trois genres, comme on sait. Il serait peut-être à propos d'en ajouter aujourd'hui un quatrième, le genre sacré. On fait généralement rentrer l'oraison funèbre dans le genre démonstratif, et le sermon dans le genre délibératif. Mais il y a un inconvénient grave à séparer deux sortes de discours qui ont après tout le même but, c'est-à-dire l'édification des fidèles ; car l'oraison funèbre n'est pas un simple éloge, du moins dans les grands prédicateurs qui ont le mieux compris leur mission, dans Bossuet par exemple : elle est en même temps une grande leçon proposée aux hommes. On ne peut pas dire non plus que le sermon ait pour objet l'utile et le nuisible, comme le discours politique. Ne serait-ce pas faire injure à la religion que de croire qu'elle ne nous pousse à faire le bien qu'en vue d'un intérêt ?

Pour toutes ces raisons, il faudrait diviser l'éloquence en quatre genres, et présenter par conséquent quatre sortes de lieux spéciaux ou εἴδη. Aristote a déjà fait ce travail pour les trois premiers genres. Ses analyses sont même trop longues et trop complètes ; il serait à propos de les abréger pour nous, et de n'en prendre que la substance. On pourrait rechercher ensuite les principaux lieux communs de l'éloquence religieuse. Ce serait là une tâche nouvelle et difficile, mais en même temps belle et intéressante ; car l'étude des ouvrages de nos grands prédicateurs servirait de base à ce travail.

Tel serait à peu près, à mon avis, le plan d'une topique appropriée à nos besoins et à notre éducation moderne. On comprend que ce programme pourrait être poussé plus loin encore. On pourrait faire voir qu'il y a des lieux communs pour bien d'autres sujets, et même pour tous les sujets. En effet, il y a des lieux pour l'esthétique et pour la critique ; car, quand on juge un ouvrage, quand on traite une question littéraire, on s'appuie toujours sur des principes du sens commun, sur des vérités générales admises par tous, résultats de l'observation et de l'expérience. Il y a des lieux pour la morale : car la morale a aussi ses axiomes, auxquels font appel tous ceux qui discutent sur les devoirs, sur le mérite et le démérite des actions humaines. Je ne dis pas qu'il faille rechercher tous ces principes ; car ce serait faire une encyclopédie. Mais on pourrait indiquer au moins que cette recherche est possible, qu'elle est utile, et que chacun de ceux qui s'occupent de ces matières y trouverait de précieuses ressources.

Je n'ai prétendu faire ici qu'une simple esquisse. Car ce n'est pas un traité didactique que je veux présenter dans cette thèse, mais une appréciation de la doctrine d'Aristote. Il me suffit donc d'avoir montré qu'elle peut trouver place encore aujourd'hui dans nos études. Le reste n'est plus de mon sujet.

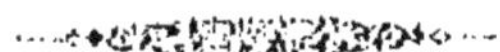

CONCLUSION.

Nous avons fait voir, dans cette thèse, quel est l'objet des Topiques d'Aristote; nous avons expliqué le sens du mot τόπος, et montré quel rôle important l'auteur assigne à la théorie des lieux. Elle est une méthode universelle qui doit nous fournir les moyens de raisonner sur quelque sujet que ce soit, en nous faisant connaître les premiers principes sur lesquels reposent toutes nos argumentations.

Pour compléter cette exposition, nous avons énuméré, d'après Aristote, les τόποι de l'accident, qui sont les plus importants et les plus universels, et nous avons présenté une courte analyse des autres, en y joignant les lieux communs de la rhétorique. Après avoir fait remarquer comment sont enchaînées l'une à l'autre toutes les parties de ce vaste système, nous avons indiqué celles qui sont demeurées vraies et impérissables, et celles qui, répondant seulement au goût des Grecs pour la dispute, ne devaient avoir qu'une durée éphémère, et ont cessé aujourd'hui d'être utiles.

Dans la seconde partie de notre travail, nous avons examiné ce qu'est devenue l'œuvre d'Aristote entre les mains de ses successeurs. Sa théorie fut de bonne heure dénaturée. Les τόποι, au lieu de désigner, comme chez lui, des propositions, n'ont plus été pris que pour des mots. Cette erreur fut popularisée par Cicéron, dont les Topiques, résumé infidèle de ceux d'Aristote, remplacèrent bientôt ces derniers dans un grand nombre d'écoles. Égarées au milieu d'un dédale d'opinions contradictoires, la scolastique et la philosophie moderne n'ont fait aucune tentative importante pour rendre à la théorie des lieux sa signification première et la valeur que voulait lui accorder son auteur.

Nous avons montré ensuite la nécessité de revenir à la doctrine du Stagirite. Nous avons esquissé le plan d'une topique appropriée à nos idées et à notre système d'enseignement, et nous avons fait voir les avantages qu'on pourrait en retirer.

Nous le répétons encore en finissant : la vieille théorie d'Aristote ne mérite pas le discrédit dans lequel elle est tombée. On a été injuste en attribuant un sens méprisant au mot de lieux communs. Nous ne voulons pas prétendre que les τόποι soient le seul et unique moyen d'apprendre à raisonner. Nous ne voulons pas en faire une recette infaillible et universelle, comme ces remèdes des charlatans qui guérissent tous les maux. Mais nous ne trouvons pas moins faux et moins injuste qu'on les proscrive comme inutiles. Ils ont perdu beaucoup de leur importance depuis Aristote, je l'avoue. Ils avaient été inventés pour la lutte philosophique ; or il n'y a plus de luttes de ce genre aujourd'hui. Mais, en les restreignant dans de justes limites, nous avons vu combien de services ils peuvent rendre encore.

Les travaux de quelques savants modernes sur l'Organum ont remis en honneur l'étude des Analytiques et du syllogisme, abandonnée aussi depuis de longues années. Les Topiques ne méritent pas moins d'attention : quiconque les lira sérieusement ne tardera pas à s'en convaincre. Il y a toujours à gagner dans les livres des hommes de génie et des grands inventeurs : une théorie créée par Aristote ne saurait être frappée de stérilité.

Vu et lu,

à Paris, en Sorbonne, le 15 juin 1855,

par le Doyen de la Faculté des Lettres de Paris,

J.-Vict. LECLERC.

Permis d'imprimer :

Le Vice-Recteur de l'Académie,

CAYX.

TABLE DES MATIÈRES.

www.ingramcontent.com/pod-product-compliance
Ingram Content Group UK Ltd.
Pitfield, Milton Keynes, MK11 3LW, UK
UKHW020350230726
13925UKWH00003B/1050

9 782014 061147